Dodenrit

Dodenrit

Elise Broach

Vertaald door Michèle Bernard

Pimento

www.uitgeverijpimento.nl

Oorspronkelijke titel *Desert Crossing*

Tekst © 2006 by Elise Broach. All rights reserved.

Oorspronkelijk uitgegeven bij Henry Holt and Company, New York

Nederlandse vertaling © 2009 Michèle Bernard en Pimento, Amsterdam

Omslagbeeld Corbis (huis in woestijn) en Shutterstock (meisje)

Omslagontwerp Mariska Cock

Black Pimento-logo twelph.com

Opmaak binnenwerk Peter de Lange

ISBN 978 90 499 2336 5

NUR 284

Pimento is een imprint van FMB uitgevers,

onderdeel van Foreign Media Group

Voor mijn broer en zus, Mark en
Mary Broach, met dank voor het
delen van vele avonturen.

1

Sommige problemen zie je niet aankomen, zoals onw
en die je zomaar uit het niets overvallen. Het ene m
de hemel blauw en heel ver weg, en dan ineens is he
en hangen de wolken drukkend boven je hoofd. De
worden zilverkleurig en draaien in de wind, de lucht
gonzen en de regen te vallen, zo hard en snel dat je z
meer kunt zien. En het lukt je bijna nooit om voor de
te zijn.

Zo zag de avond eruit toen we door New Mexico r
was de hele dag zonnig geweest, te warm voor in de
plakte van het zweet en was het zat om achterin te zi
Kit de ventilatoren zo had afgesteld dat ze alleen op
zen. Jamie, mijn broer, reed en Kit mocht van hem d
wilde. Hij vond het grappig.

'Toe nou,' bleef ik maar zeggen. 'Mag ik ook een k
lucht achterin?' Ik plukte mijn T-shirt van mijn huid e
mijn buik. 'Ik val nog flauw.'

'Ga je gang,' zei Kit. 'Lekker rustig.'

Jamie lachte erom en daarom schopte ik hard tege
Toen draaide hij het stuur van links naar rechts zo

hudde en zei: 'Hou op, Luce, of je krijgt er spijt van.'

We reden van Kansas City naar Phoenix om de voorjaarsva-
ntie bij mijn vader door te brengen. Vraag me niet waarom Kit
ee moest. Hij was Jamies beste vriend en zijn ouders waren
ar de Bahama's gegaan om 'aan hun relatie te werken'. Dit is
ecies zoiets wat je niet van iemands ouders wilt weten, maar
t was in elk geval beter dan het over je eigen ouders te horen.
ze ouders waren al gescheiden, dus Jamie en ik hadden niets
er met dit soort dingen te maken. Ik heb dat nooit gesnapt:
e kan een relatie losstaan van de twee mensen die erin zitten,
e kan het iets op zichzelf zijn?

Maar goed, Kit had niets beters te doen in deze vakantie en be-
ot met ons mee te gaan. Dat veranderde de hele reis. Ik moest
de achterbank zitten, dat was al erg genoeg, maar ik moest
k nog eens twaalf uur lang, de hele weg door Oklahoma, een
el van Texas en nu New Mexico, luisteren naar hun eindeloze
halen over meisjes.

Iet begon met Jamie die iets zei als: 'Heb jij Maddie Dilworth
elopen zaterdag in de sportschool gezien?' Kit sloeg met zijn
st op het dashboard en zei: 'Jazeker! Zij is hot.'

n dan gingen ze verder met het beschrijven van al Maddies
aamsdelen, alsof ik niet bestond. Dat was misschien drie se-
den leuk. Ik zat met mijn schetsblok op schoot en probeerde
ekenen, maar het zweet druppelde op het papier en vervaag-
de lijnen. Ik kon me niet concentreren. Ik bleef kijken naar
n dunne benen – te wit – en de manier waarop mijn bloes
r mijn borst hing. Over een maand werd ik vijftien, maar ik
lde me altijd jonger als ik bij Jamie en Kit was – namelijk een
of twaalf. Ze bleven maar doorpraten, over een ander meisje
e sportschool, daarna over eentje uit de onderbouw die bij

een drogisterij werkte en bij mij in de klas zat. En zij waren bovenbouwers! Ik kon er niet meer tegen.

'Hallo? Ze zit in de onderbouw, stelletje sukkels. Is ze niet een beetje te jong voor jullie? Ik heb wiskunde met haar! Ik wil niet horen wat jullie van haar voorgevel vinden. Hou alsjeblieft op.'

'Maak je niet druk,' zei Kit. Jamie lachte alleen maar.

Ik stak mijn hand tussen hen in om de radio harder te zetten. Daarna sloeg ik de kaart open en spreidde die uit op de achterbank. Ik onderbrak ze elke keer als ik een verkeersbord zag, maar het maakte allemaal niks uit. Zij waren op dreef en ik was de dupe.

'Dit is de saaiste autorit van m'n leven,' zei ik.

Kit haalde zijn neus op. 'Wat kan ons dat schelen?'

Dat was Kit ten voeten uit. Als hij je niet ergens voor kon gebruiken, was je lucht voor hem.

Zo ging dat de hele reis door. Elke keer als we onderweg bij een wegrestaurant stopten, gingen hij en Jamie samen aan een tafeltje zitten zodat ze met de serveerster konden flirten. 'Hé, hoe gaat het? Wat is het lekkerste op de menukaart? Nee, jij mag het zeggen. Breng ons jouw lievelingseten. We vertrouwen je.'

Dat klinkt zo stom dat je zou denken dat de serveersters ze zouden negeren. Maar ze zijn allebei leuk om te zien en daarom komen ze ermee weg. Jamie en ik lijken op onze vader – donkere ogen, rechte neus, brede lach – en Kit heeft rossig haar dat zo zacht en golvend is dat je het zou willen aanraken. Tot je hem leert kennen.

Die vrouwen waren meestal niet zo leuk om te zien. Ze hadden geverfd haar en bruine tanden en van die doorrookte stemmen. Maar ze glimlachten vaak en wierpen lange, steelse blikken op

Jamie en Kit en meer was er niet voor nodig. Jamie hield van vrouwen en Kit... tja, Kit hield van zijn eigen stem, zoals mijn moeder altijd zei.

En zo moest ik elke keer dat we stopten aanzien hoe ze gniffelden, deuren openhielden en flinke fooien gaven. Bij het laatste restaurant was de serveerster Mexicaans en zij sprak nauwelijks Engels. Ze buitelden over elkaar heen in hun beste school-Spaans – *por favor, claro que sí, no más* – om indruk op haar te maken. Onze vader is half-Mexicaans en spreekt vloeiend Spaans, dus het ging Jamie beter af dan Kit, maar het sloeg nog steeds nergens op. De serveerster lachte naar ze.

Ik zette mijn koptelefoon op en ging zitten tekenen op de papieren placemat: eerst een cactus en een coyote en toen de serveerster met haar brede gladde voorhoofd en de donkere vegen van haar wenkbrauwen. Ik verlangde naar Ginny, mijn beste vriendin. Als zij erbij was, zouden we in een deuk liggen om Jamie en Kit. Maar zonder haar kon ik alleen maar net doen of ik druk bezig was, om niet de loser te zijn die in haar eentje zat te eten.

Ik was het zat om genegeerd te worden.

Daarom was ik nu, terug in de hete auto, met Kit aan het ruziën om met mij van plaats te ruilen.

'Kom op nou, jij hebt daar de hele reis al gezeten. Het is niet eerlijk. Dit is niet eens jouw auto. Ik heb het bloedheet!'

'Dan moet je iets drinken.' Kit boog voorover en pakte het six-pack dat voor zijn voeten stond. Hij had deze van een vrachtwagenchauffeur gekocht die hem tot de koop had overgehaald met het argument dat hij geen identificatiebewijs hoefde te zien.

'Hé!' zei ik, 'wat doen jullie nou?'

Kit gaf Jamie een biertje en nam er zelf ook een. 'Ik heb dorst.'

Hij draaide zich om en drukte het koude blikje tegen mijn arm. Ik deinsde terug en hij grijnsde.

Ik duwde zijn hand weg. 'Je zei dat je ze tot het hotel in Albuquerque zou bewaren, Jamie, jezus, als mam dit wist. Niet als je achter het stuur zit. Stel je voor dat de politie het ziet?'

Jamie keek in de achteruitkijkspiegel. 'Er is hier geen politie.'

Hij had gelijk. Het enige wat er was, was de woestijn, rood en gravelachtig, kilometers lang. Kansas was ook vlak, maar niet zoals hier. Daar was het groener, zachter, met dicht op elkaar staande huizen die afstaken tegen het platteland. Hier was het leeg. We passeerden verspreid liggende stenen en struikgewassen, en in de verte kon ik een gerafelde lijn van bergen zien, blauw en vaag. Maar verder was er alleen droge, harde grond te zien met plukjes zilverkleurig gras, en roeispaanachtige cactussen als uit een tekenfilm en de donkere struiken die je er niet verwachtte. De hele middag had ik zitten denken aan hoe vreemd het was dat iemand hier een weg had aangelegd, alsof een weg ervoor zou zorgen dat dit een interessante plek werd waar je heen wilde gaan. Jamie was uren geleden van de hoofdweg af gegaan omdat hij die zo saai vond.

Ik gaf weer een trap tegen Jamies stoel om hem te irriteren.

'Hou nou op, Luce. Het is helemaal niet zo warm meer.'

Hij had gelijk. Het was bijna donker. Ineens werd de hemel donkergrijs. Ik draaide het raam open en stak mijn gezicht in de wind, mijn haar sloeg tegen mijn wang. De lucht werd al koeler en stroomde door de auto.

Toen begon het ineens te regenen.

'Doe het raam dicht!' schreeuwde Jamie.

De regen kletterde uit de lucht, een stortbui, sloeg tegen het dak van de auto en stroomde over de snelweg. De ruitenwissers konden het nauwelijks aan. De weg was niet meer te zien.

Ik greep Jamies hoofdsteun vast. 'Langzamer!'

'Woeoeoe-hoeoeoe!' Kit gooide zijn hoofd naar achteren. 'Dit is geweldig!'

Het was alsof je onder water zat en dwars door een gitzwarte zee reed.

Toen voelden we het.

Een hobbel.

Behoorlijk groot maar ook hol. De auto had iets geraakt.

2

Mijn knieën klapten tegen de bestuurdersstoel en Jamies bier droop over het dashboard.

'Verdomme,' zei Jamie.

Hij trapte op de rem en trok aan het stuur. Toen begon de auto te glijden en hij gaf weer gas om hem onder controle te krijgen.

'Hé, rustig aan,' zei Kit. 'Wat het ook was, je hebt het geraakt.'

'Wat?' schreeuwde ik. 'Wat was het?' Ik kroop op mijn knieën en tuurde door de achterruit. In de rode gloed van de achterlichten, door de stromende regen heen, kon ik iets donkers op de weg zien liggen. Het schokte en beefde en kroop toen naar de kant. 'O, mijn god, Jamie! Je hebt iets geraakt! Het ligt op de weg! Wat was het?'

'Ik weet het niet,' Jamies stem trilde, 'misschien een coyote. Hij liep recht op de bumper af. Ik had geen tijd om te remmen.'

Hij reed langzamer nu. Zijn handen waren bleek omdat hij het stuur zo stevig vastklemde. De regen leek de avond die voor en achter ons lag weg te spoelen. Ik zag geen hand voor ogen.

'Maar het leefde nog,' zei ik. 'We moeten teruggaan.'

Kit draaide zich om. 'Waarvoor? Het is maar een dier.'

Ik bleef door de achterruit turen, door het zilverachtige gordijn van regen. 'Maar als het nou een hond was?'

En dat zou het einde van de discussie zijn geweest, want ik wist het niet zeker, Jamie zat nog te trillen, Kit was ongeduldig en Albuquerque nog een uurtje rijden. Dat zou het einde zijn geweest als ik niet een gele lichtvlek had gezien – een natte, heldere vlek midden in de woestijn.

'Nee, wacht!' gilde ik. 'Daar is een huis. Het kan een hond zijn geweest. Iemands hond! Jamie, kom op. We moeten teruggaan.'

Kit draaide zich om. 'Maak je een geintje? Wat gaan we dan doen? Niets! Het was een ongeluk. Hij rende zomaar de godvergeten weg op.'

Maar Jamie remde al. Hij zette de auto in zijn achteruit en keerde.

'Wat doe je?' vroeg Kit vol afkeer.

'Ik ga terug.' Mijn broers stem was rustig maar vastbesloten alsof iemand hem een vraag had gesteld die hij eigenlijk niet eens hoefde te beantwoorden. Onze familie was dol op honden. Dat wist Kit ook. Hij schudde demonstratief met zijn hoofd en liet zijn ogen rollen, maar hij wist dat we terug moesten gaan.

De weg zag er vreemd uit in het donker. Hij was glad en overspoeld met water dat glom in het licht van de koplampen. Jamie reed nu langzamer. We wisten niet hoe ver we waren doorgereden. Ik hield mijn gezicht tegen het raam gedrukt en keek naar elke vorm langs de weg: de kilometerpaaltjes, de gerafelde struiken, de plots opdoemende keien. Ik zat zo ingespannen te kijken dat mijn ogen pijn begonnen te doen. De nacht was bijna zwart nu en we baanden ons een weg door de regen die zo hard viel dat het een muur leek.

'We vinden vast niks,' zei Kit, die hard met zijn voet tegen het dashboard zat te tikken. Even later zei hij: 'Zie je wel? Het is weg. Misschien heb je het gewoon een oplawaai gegeven. We zijn al te ver teruggereden. Keer om.'

Maar toen zag ik het: langs de kant van de weg was plotseling een schaduw te onderscheiden.

'Jamie! Stop! Daar ligt het.'

Jamie trapte op de rem en de auto schoof opzij. 'Waar? Wat is het?'

'Kijk.' Ik wees, maar door de regen wist ik het niet zeker.

'Jullie zijn allebei gek,' zei Kit. 'Ik geloof gewoon niet dat we dit doen. Wat maakt het uit als het een hond was? Hij was vast hondsdol. Wat gaan we ermee doen dan?'

'Ik weet het niet,' mompelde Jamie, 'maar laten we even gaan kijken.' Hij keerde de auto weer om en zette hem aan de kant van de weg met de koplampen schijnend op de plek waar ik had gewezen. Een witte lichtboog viel over de weg. Ik gooide het portier open en rilde toen ik de natte windvlaag voelde. Onze jassen lagen ergens in de achterbak, maar Jamie en Kit trokken gewoon hun T-shirt over hun hoofd en strompelden door de regen. Die kwam als een golf over ons heen, de regen stroomde over onze armen en benen en we waren binnen de kortste keren helemaal doorweekt. Jamie en Kit leken op geesten, zo met hun T-shirts om hun gezicht.

Ik rende vooruit.

'Daar is het!' schreeuwde ik. Ik hoorde Jamies voetstappen knerpen in het kiezelzand achter me.

In de gloed van de koplampen kon ik het zien. Het was iets

bleeks dat van de weg af lag gedraaid.

Ik stopte. Jamie liep me bijna omver. We bleven staan en staarden. Onze adem stokte.

Het was geen dier.

Het was een meisje. Haar slanke arm lag gebogen over het kiezelzand als van een ballerina. O mijn god, ging er door mijn hoofd.

3

Er zijn momenten waarop alles verandert, en dat gebeurt net zo snel als knipperen of ademen. Het lijkt alsof er een lijn loopt tussen 'toen' en 'nu' en je voelt dat je daaroverheen stapt, ook al wil je dat niet omdat je weet dat je nooit meer terug kunt. Zo voelde ik me toen we het meisje zagen liggen. We liepen op haar af en Kit volgde ons en ik weet niet meer hoe we het allemaal voor elkaar kregen; hoe we onze voeten bewogen of doorademden. Ik wilde het liefst terug naar de auto rennen, de jongens bij de hand pakken en ze mee trekken, terug naar de minuut hiervoor zodat we de nacht in konden rijden zonder het te weten. Want deze kennis zou alles veranderen. Zo gauw we haar zagen voelde ik het: we liepen van ons oude leven naar iets nieuws.

Toen we bij haar waren, zagen we haar haar dat in een natte, donkere waaier over de grond lag. Haar ogen waren opengesperd en knipperden niet in de regen. Ze was dood. Geen van ons zei iets. We stonden in de stromende regen en keken naar dat meisje en bleven maar kijken alsof we haar op de een of andere manier tot leven konden wekken, haar op de been konden krijgen, weg van de snelweg, de auto's en de regen.

Ik had nog nooit een dode gezien. Als dit een film was, zou

iedereen nu in paniek zijn, haar polsslag controleren, haar plat op de grond leggen en op haar borst duwen. En dan zou zij misschien na een minuut gaan hoesten of hijgen en dan zou je weten dat alles goed kwam. Maar dit meisje lag zo stil. Zelfs in het gebrul van deze storm was de rust om haar heen te voelen.

Jamie knielde naast haar neer. 'Maar het was een coyote,' zei hij langzaam.

Kit boog zich voorover, handen op zijn knieën. 'Het was donker. Je kon niets zien. Ze kwam gewoon de weg op.'

'Nee,' zei Jamie, 'het was een dier.'

'Je kon niets zien.'

'Nee.'

'Jamie...' ik raakte zijn schouder aan. Hij schudde zijn hoofd en trok zich los. Ik kon mijn ogen niet van het meisje afhouden. Haar kleine, ovale mond stond een beetje open en was totaal stilgevallen. Ze was ouder dan wij, maar niet veel ouder. Alles aan haar was gewoon: een donkere spijkerbroek, een T-shirt met een tekst voorop, een zilveren armband die leek op de armband die ik thuis in een laatje had liggen. Haar nagellak was er een beetje af. Ze had twee gaatjes in één oor. Hoe kon ze dood zijn?

Haar lichaam lag in een hoek gedraaid en haar T-shirt was omhooggekropen waardoor een deel van haar bleke lichaam was te zien. Ik stak mijn hand uit en trok het T-shirt omlaag. En toen, ik weet niet waarom, werd ik ontzettend misselijk en begon over te geven. Toen ik daarmee bezig was en voorovergebogen stond, voelde ik dat iemand mijn haar pakte en het uit mijn gezicht haalde. Dat moet Kit zijn geweest, wat gek was, maar niet gekker dan alles wat er tot nu toe was gebeurd.

Jamie trok zijn T-shirt omlaag en de regen sloeg op hem neer en plakte zijn haar aan zijn voorhoofd vast. Hij keek mij niet aan.

'Het komt wel goed, Luce. We moeten iemand bellen.'

'Hier,' zei Kit die zijn mobieltje tevoorschijn haalde. Hij beschermde het met zijn hand tegen de regen en draaide hem in verschillende richtingen terwijl hij de toetsen indrukte. Uiteindelijk keek hij wanhopig op. 'We hebben hier geen bereik.'

En toen wist ik het weer. 'Er was een huis,' zei ik.

'Wat?' Ze draaiden zich allebei naar mij toe.

'Dat licht dat we zagen. Daar kunnen we om hulp vragen.'

'Ja, oké,' zei Jamie. Zijn blik was veranderd, gesloten. Hij bleef maar naar het meisje staren. 'Ze ligt te dicht bij de weg. Zullen we haar verplaatsen?'

Kit schudde zijn hoofd. 'Ik denk niet dat we haar moeten aanraken.'

Ik slikte. 'En als iemand haar raakt? Als iemand haar aanrijdt?'

'Ze is dood,' zei Kit.

Jamies mond vormde een smalle streep, maar zijn ogen waren enorm groot. 'Ik blijf wel hier. Rijden jullie maar naar het huis. Ik blijf bij haar wachten.'

Kit fronste. 'Je kunt niks meer voor haar doen.'

Jamie gooide de autosleutels naar hem toe. 'Ga nou maar.'

En daarom gingen Kit en ik terug naar de auto. Kit deed de achterbak open en wierp me een jas toe, maar ik kon er alleen maar naar kijken omdat ik niet meer in staat was om na te denken.

'Doe hem aan,' zei hij. En toen besefte ik dat ik beefde. We gingen in de auto zitten en ik stak Jamies jas uit het raam toen we hem langzaam voorbijreden. Jamie pakte hem aan en gooide hem over één schouder, de regen kwam nog steeds in bakken neer. Ik keek naar hem in de achteruitkijkspiegel. Hij werd donkerder en kleiner, maar ik bleef zijn jas zien die nutteloos wapperde in de wind, als een vlag.

4

Het regende zo hard dat we de afrit nauwelijks konden zien. Maar in de diepe duisternis van de woestijn was nog een klein beetje licht en toen we langzamer reden, zagen we een smal kiezelpad dat afboog van de weg. Het was modderig en er lagen grote plassen op. Er liepen kleine stroompjes overheen. Kit reed in een slakkengangetje en we hobbelden door de geulen. Ik zat nog steeds te beven, maar ik had het gevoel dat ik ontwaakte en mijn aandacht er weer bij had. Nu leek alles weer heel echt: de metalen deurknop die ijskoud tegen mijn dijbeen drukte en de scherpe geur van het gemorste bier op de voorbank. Ik wierp telkens stiekem een blik op Kit. Het was niets voor hem om niet te praten.

Uiteindelijk zei hij: 'We moeten die blikjes zien kwijt te raken.'

'Wat?'

'We moeten dat bier dumpen.'

'Nu?'

Het leek onmogelijk om aan iets anders te denken dan aan het meisje. Maar de politie zou komen.

'Ik weet het niet,' zei ik.

'We moeten ervan af.'

'Maar de auto stinkt ernaar. Ze komen er toch wel achter. Dan lijkt het net...' Ik wist niet hoe ik het moest zeggen.

Kit haalde zijn schouders op en bleef turen op de weg. 'Als ze geopende bierblikjes in de auto vinden...' Hij aarzelde. 'Denk aan Jamie.'

Ik was boos op hem, woedend. Hij was degene die bier had gewild, de blikjes had gekocht en Jamie er eentje had gegeven onder het rijden. En nu was er een meisje dood en dat was niet Jamies schuld, het kón Jamies schuld niet zijn. Maar we hadden hard gereden en de auto stonk naar bier. Wie wist wat er echt was gebeurd?

'Ik dénk ook aan Jamie,' zei ik. Kit wierp een blik opzij. Hij ging nog langzamer rijden en draaide zijn raam open. Hij reikte langs mijn schenen en pakte de twee blikjes en gooide ze de duisternis in. Even later gooide hij de rest van de blikjes erachteraan.

'Kit,' zei ik, maar hij reed gewoon door.

Ineens lag het huis voor ons. Het was laag en grillig en er scheen licht door twee van de ramen. Er stond een truck naast geparkeerd. Toen we het erf op reden – als je het een erf kon noemen, want er was geen afscheiding, het liep gewoon de woestijn in – kwamen er twee grote honden uit de schuur blaffend op ons afgerend.

We stapten de regen in.

De honden omsingelden Kit en hun grote staarten zwiepten heen en weer en ze snuffelden aan zijn benen. Ik trok mijn capuchon over mijn hoofd en liep naar de deur.

Hij ging al open voordat ik had geklopt. Een vrouw van in de dertig deed open en stond in een mannenhemd met verfspetters in de deuropening. Ze had een knap gezicht, gebruind door de zon en haar donkere haar viel er als een sluier omheen. Ze streek het naar achteren en keek geïrriteerd. 'Ja? Wat is er? Autopech?'

'Nee,' zei ik, 'er is... wij...' Ik kon niet bedenken wat ik wilde zeggen.

Toen kwam Kit aangerend met de honden om zich heen die hem springend voor de voeten liepen.

'Oscar! Toronto!' zei de vrouw scherp. De honden dropen geschrokken af. Ik stak mijn hand uit naar de grote zwarte hond en hij likte me en duwde zijn hoofd tegen mijn handpalm.

Kit sprak snel. 'Er rende een meisje de weg op. Zo voor onze auto. Ze is... ze is dood. Mijn vriend is bij haar gebleven, maar ze is dood.'

De vrouw keek van Kit weer naar mij. Ze had donkere, rustige ogen en het kostte me moeite om haar aan te kijken. 'Kom binnen,' zei ze. 'Ik zal de politie bellen.'

De regendruppels dropen van ons af op de grond terwijl zij het nummer draaide. In het midden van het vertrek stond een reusachtig stuk gedraaid metaal dat in verschillende kleuren was geverfd en waar vreemde dingen uitstaken – een wielklok, een stuk pijp. Er lag een stoflaken onder en er stond een opgerold kleed tegen de muur. Kit keek mij aan en trok zijn wenkbrauwen op.

'Joe? Hoi, met Beth Osway. Ik heb twee kinderen over de vloer. Ze hebben een ongeluk gehad, iemand aangereden. Ze denken dat ze dood is.' Ze luisterde een tijdje en draaide zich toen naar Kit. 'Waar was het? Hoe ver van de weg was het?'

Kit gebaarde. 'Ik weet het niet, ten oosten van hier, misschien twee, drie kilometer.'

Ze herhaalde deze informatie in de telefoon. 'Oké, we treffen elkaar daar.' Ze wendde zich tot ons. 'Gaat het met jullie? Zijn jullie gewond geraakt?'

22

We schudden ons hoofd.

'Nee, ze lijken in orde.' Ze hing op en pakte een nylonjasje van een haak aan de muur. 'Het zal wel even duren,' zei ze, 'maar we zullen op ze moeten wachten.'

Ze keek ons nieuwsgierig aan, met dezelfde scherpe blik, alsof ze een puzzel aan het oplossen was. 'Ik heet Beth. Hoe heten jullie?'

Kit sprak als eerste. 'Kit Kitson en Lucy Martinez.'

Ze keek Kit aan. 'Kit Kitson?'

Kit kreeg een kleur. 'Nou, het is eigenlijk Frederick, maar iedereen noemt me Kit.'

Ik keek hem aan. Frederick? Ik vroeg me af of Jamie dat wel wist.

We renden weer de regen in. Toen ik op de achterbank ging zitten, was de geur van bier sterker dan ooit.

Beth deed het portier aan de passagierskant open en wilde naar binnen gaan, maar stopte ineens. Ze keek rond in de auto en toen weer naar mij.

'Hebben jullie gedronken?'

'Nee!' zei ik snel. 'Nee... ik ben pas veertien.'

Kit schoof aan de andere kant op zijn stoel en keek haar niet aan.

Ze hield haar ogen gericht op mijn gezicht. 'Heeft hij gedronken?'

Ik draaide me naar Kit. Hij startte de auto en zei niets.

Beth stak haar hand uit en draaide de sleutel terug en trok hem uit het contactslot. 'We nemen de truck,' zei ze. Haar stem was kil.

5

In de truck zat ik in het midden en ik trok mijn schouders in zodat ik ze geen van beiden hoefde aan te raken. Ik voelde dat Kit zat te wiebelen en iets wilde gaan zeggen. In de donkere cabine zag zijn gezicht er gespannen uit; de gebruikelijke grijns was verdwenen.

'We waren niet aan het drinken,' zei hij uiteindelijk.

Beth gaf geen antwoord. Ik staarde hem aan. Ik kon niet geloven dat hij zat te liegen. Ze was in die stinkende auto geweest.

Kit haalde zijn schouders op. 'Ik bedoel, we hebben een biertje genomen.'

Beth hield haar ogen op de weg gericht. De ruitenwissers zwiepten driftig heen en weer, in het ritme van mijn hartslag.

Kit leunde naar voren. 'Het was meer een slokje. De helft is ernaast gegaan, toen we...' Hij probeerde haar aandacht te trekken, maar haar ogen bleven op de weg gericht.

Ze fronste. 'Ongelofelijk stom, vind je niet?'

Kit zonk terug, verslagen en ik was totaal in mezelf gekeerd. Ik kreeg geen hoogte van haar. Ze leek ons te helpen door de politie te bellen en ons naar Jamie terug te brengen. Maar ze behandelde ons niet zoals een normale volwassene zou doen. Ze ging niet door met vragen stellen om de stiltes in het gesprek te vullen. Ze leek graag van ons af te willen.

Toen zagen we Jamie, op de plek waar we hem hadden achtergelaten.

'Daar is hij,' zei ik zachtjes, maar Beth had hem al gezien. Ze ging langzamer rijden en stuurde op de vluchtstrook af.

'Blijf hier,' zei ze opeens. Ze stapte uit en sloeg het portier dicht. Ik schoot weg van Kit en keek door het raam. Ze liep op Jamie af terwijl ze haar capuchon opzette. Hij probeerde te gaan staan, maar zijn benen wankelden. Hij zag eruit alsof hij zich niet had bewogen sinds wij weg waren gegaan. Hij viel opzij en Beth greep hem bij zijn arm zodat hij niet omviel.

Ik zag dat hij met haar sprak, haar vragen beantwoordde. Hij wees naar het meisje. Beth hurkte en bleef zo een tijdje zitten terwijl Jamie gebaarde en sprak. Toen ze probeerde overeind te komen, stak hij zijn hand uit om haar te helpen.

'Waar zouden ze het over hebben?' vroeg Kit.

'Ik weet het niet,' zei ik terwijl ik naar hem keek. 'Misschien wel over het bier dat jullie niet gedronken hebben.'

'Ach, toe nou. Wat moest ik dan zeggen? We zitten al genoeg in de penarie zonder dat zij er een halszaak van gaat maken. Het was niet eens een half blikje.'

'Maar de auto ruikt ernaar! Het is zo stom om er nu over te liegen..'

'Oké, oké.' Hij leek kwaad. 'Jij hebt tot nu toe ook nog geen briljant idee gehad.'

Daar had ik niks op terug te zeggen.

Ik keerde me weer naar het raam en zo plots als de regen was begonnen, zo plots hield hij ook weer op. Het nam niet af tot een lichte bui, het hield gewoon helemaal op. We zaten in de nieuwe stilte te luisteren naar de zachte geluiden van wegstromend water. De snelweg glom als een rivier in het licht van de koplampen. Ik kon nauwelijks naar het meisje kijken. Wat had ze daar gedaan, helemaal alleen op de weg? Ik deed het portier open en de vochtige avondlucht stroomde de truck binnen, wat me opnieuw deed rillen.

We konden Jamies stem horen, gedempt, pratend tegen Beth. Misschien vroeg ze hem naar het bier. Hij zou haar de waarheid vertellen, dat wist ik zeker. Hij was daarin niet als Kit. Hij dacht niet aan wat de gevolgen zouden zijn.

'Kijk,' zei Kit en hij wees. In de verte zag ik piepkleine rode en blauwe flitslichten. En bijna tegelijkertijd hoorden we het gegier van sirenes. Mijn armen trilden. Ik klampte mijn ellebogen vast om ze stil te houden.

Wat zou er met ons gebeuren? Mensen gingen de gevangenis in voor dit soort dingen. Dronken achter het stuur, iemand aanrijden en doden. Was dat geen moord? Maar Jamie was niet dronken geweest. Kit had gelijk. Ze hadden maar heel weinig gedronken. Ik hoopte dat Kit niet kon zien hoe erg ik trilde.

Beth kwam terug bij de truck en legde haar hand op het portier. 'Daar zijn ze. Jullie kunnen beter uitstappen.'

We liepen naar Jamie. Hij was totaal doorweekt, zijn T-shirt was zó nat dat het aan zijn borst vastgeplakt zat en doorzichtig leek. Zijn haar hing in zijn ogen en toen hij het naar achteren gooide, kregen wij een waterstraal over ons heen.

'Er is niet één auto langsgekomen sinds jullie weg waren,' zei hij. 'Het is nogal griezelig hier.'

Om ons heen klonken de avondgeluiden, alleen op dat stukje kiezelzand waar het meisje lag was het helemaal stil.

Kit wees met zijn hoofd. 'Kunnen we niet daar gaan staan? Weg van dat?'

'Haar,' zei ik.

Kit liep een paar meter verderop en Jamie en Beth volgden hem. Ik bleef waar ik was. Ik hurkte om goed naar haar te kijken. Haar ogen waren glimmend en licht als glas. Haar wangen glansden. Ze had een lege blik. Ze zag er anders uit dan iemand die sliep. Zij was zoveel bleker, zonder enige beweging of teken dat haar gezicht ooit nog zou veranderen.

Haar T-shirt was donkerblauw. Er stond in grote, opvallende krulletters: THE ROCKIES ROCK! Misschien kwam ze uit Colorado. Of was ze daar op vakantie geweest. Of had ze dit T-shirt van iemand cadeau gekregen.

De sirenes klonken luider. Ik keek naar haar gekrulde witte hand en de armband om haar arm. Zou het niet makkelijker moeten zijn om een armband te verwoesten dan een mens? Zou dat niet het eerste moeten zijn dat verbrijzelt of breekt? Maar de armband was ongedeerd, precies zoals hij moet zijn geweest toen zij nog leefde.

Hij leek op mijn bedelarmband thuis. Er hing een zilveren hartje aan, net als aan die van mij. Iemand zou haar spoedig komen weghalen. Deze armband zou het enige zijn wat er nog over was.

Het leek zo oneerlijk. Iets moest er overblijven.

Voor ik ook maar wist wat ik aan het doen was, stak ik mijn hand uit, maakte hem los en trok hem onder haar arm vandaan. Mijn vingertoppen gleden langs haar koude huid en de bedeltjes tikten tegen elkaar aan. Ik wist dat het verkeerd was. Ik kon nauwelijks ademen. Ik wist niet wat ik deed.

Ik stopte het diep in mijn jaszak toen de politiewagens gierend tot stilstand kwamen.

6

Er waren drie agenten. Ze kwamen tegelijk uit hun wagens, achter hen stond de loeiende ambulance. De ambulancebroeders zwaaiden de achterdeuren open en trokken een metalen stretcher op de grond. Hij kletterde over de weg. Toen gingen ze op hun hurken bij het meisje zitten en hun handen waren snel en zelfverzekerd toen ze haar pols optilden, in haar nek voelden en met een klein priemend lampje in haar ogen schenen. De politie had zaklampen bij zich. Ze liepen rond, keken naar de weg en de vluchtstrook waar zij op lag. Iemand nam foto's en ik knipperde van het felle flitslicht. Ze spraken met de ambulancebroeders. Ze markeerden de omtrek van haar lichaam. Iedereen wist precies wat hij moest doen.

Ik keek naar de broeders die het meisje op de stretcher legden. Ze legden haar recht en drukten haar armen dicht tegen haar lichaam. Heel even leek het of ze haar toestopten, zoals mama soms deed als ik bijna sliep, de deken rechtstrijken, en als mijn arm over de rand van het matras viel, duwde ze hem weer terug op bed.

Maar toen trokken ze het witte laken strak en was ze compleet bedekt.

Een politieagent bleef bij de ambulance en de andere twee kwamen onze kant op. Toen ik ze zag aankomen, met hun glimmende ordetekens en opbollende holsters, voelde ik een golf van angst over me heen komen. Het meisje had geleefd, nu was ze dood. Het enige wat tussen die twee momenten zat, waren wij. Mijn hart begon te bonken. We hadden iets afschuwelijks gedaan. Zelfs als dit een ongeluk was, was het hoe dan ook toch onze fout.

Een zware, wat oudere man, degene die de leiding scheen te hebben, kwam naar ons toe. Hij wreef over zijn voorhoofd en knikte naar Beth. 'Hoe gaat het met je, Beth? Heb je al een tijdje niet meer gezien.'

'Goed, Stan. Druk. En met jou?' Beth gooide haar haren naar achteren en staarde naar de ambulance.

'Niet slecht. Vreselijk van dat meisje. Zo jong nog.'

'Ik weet het.' Beth schudde haar hoofd. 'Wat deed ze hier in haar eentje? Heb je nog auto's met pech gezien onderweg?'

'Nee, niets gerapporteerd van hier naar Kilmore.' Hij draaide zich naar ons toe. 'Ik ben sheriff Durrell,' zei hij. 'We moeten verklaringen afnemen. Wie van jullie zat er achter het stuur?'

Jamie knikte vaag en beet op zijn lip.

'En waar is uw voertuig?'

'Dat staat bij mij thuis,' zei Beth. 'Kan ik je even spreken, Stan?'

Ze trok hem bij ons weg en sprak zachtjes met hem. Ik kon Kit binnensmonds horen vloeken. Jamie schudde zijn hoofd. 'Hou op, Kit. We moeten ze vertellen wat er is gebeurd. Oké? Alles wat er is gebeurd.'

Kit fronste. 'Ik weet zelfs niet eens wat er is gebeurd. Jij wel dan?'

Toen kwam de sheriff terug en hij was veranderd, hij was stekelig en kortaf. 'Ik begrijp dat jullie hebben gedronken. Mag ik jullie rijbewijs zien? We moeten het een en ander nakijken. En jij, jongedame? Heb jij ook gedronken vanavond?'

'Nee,' zei ik snel, maar ik kon hem niet aankijken. Ik voelde het gewicht van de armband in mijn zak.

'Zijn jullie ervan op de hoogte dat je pas op je eenentwintigste alcohol mag drinken?'

'Zij heeft niets gedronken,' zei Jamie.

Toen ik mijn ogen opsloeg, stond de sheriff mij nog steeds aan te kijken. 'Loop die kant op, in een rechte lijn naar de patrouillewagen,' gaf hij het bevel. 'Hiel tegen je tenen, armen langs je lichaam en tel hardop je stappen.'

Mijn wangen werden warm. Ik deed wat hij zei en zette voorzichtig mijn voeten neer. 'Een, twee, drie...' Mijn stem was zwak en hoog.

'Harder,' zei hij. Ik slikte. Ik kon het niet verdragen dat ze allemaal stonden te kijken. 'Acht, negen...'

'Oké, zo is het wel genoeg,' riep hij. 'Kom maar terug. Hoe heet je?'

'Lucy Martinez.'

'Roy!'

Ik sprong op.

'Breng juffrouw Martinez terug naar de auto en neem haar verklaring op.' Hij wendde zich tot Jamie en Kit. 'Jullie blijven bij mij.'

Ik volgde de jongere agent naar de politieauto. Toen we wegliepen, wierp ik een blik achterom op Jamie en Kit, die stijf als standbeelden stonden, met hun armen langs hun lichaam. Het leek allemaal niet echt en tegelijkertijd veel te echt, als in een droom. Ze moesten van de sheriff allebei één been optillen, dat voor ze uit steken en die houding volhouden. Op een ander moment zou het grappig geweest zijn – ze leken op ooievaars – maar nu niet, met hun gezichten strak en bang. Het was onmogelijk dat ze dronken waren. Maar ik maakte me toch zorgen om hen.

Het was donker in de politieauto en er hing een scherpe, zure lucht. Wat was het? Zweet? Glimmende schermen en meetinstrumenten overheersten het paneel voorin. Het leek wel een controlepaneel in een ruimteschip. Ineens klonk er een blikkerige stem uit de radio, waar ik van terugdeinsde. Volgens de klok was het 22:38 uur.

'Is het al zo laat?' vroeg ik en ik voelde me stom toen hij geen antwoord gaf. Ik bleek geen besef van tijd meer te hebben. Ik had geen idee hoe laat we het ongeluk hadden gehad, wanneer we bij Beth waren aangekomen of wanneer de politie was gearriveerd. Natuurlijk zou hij me dat allemaal gaan vragen. En dan zou ik het niet weten.

De agent zette de radio zachter en pakte een klembord met een geprint formulier erop. Hij stelde vragen zonder me aan te kijken – mijn naam, adres, leeftijd – en krabbelde de gegevens in snelle, donkere lijnen op het papier. Ik keek naar de zijkant van zijn gezicht in het vage licht van de auto. Onder zijn kin bewoog een spier. 'Oké, vertel maar wat er is gebeurd.'

Ik perste mijn lippen op elkaar, staarde uit het raam en dacht hard na. Ik zou voorzichtig zijn, zoals Jamie had gezegd. Ik wilde hem alles vertellen. 'We reden...'

'Wie reed er?'

'Jamie. Mijn broer, Jamie.'

'En zat jij op de voorbank?'

'Nee... nee, Kit zat voorin. Ik zat achterin, achter Jamie. We rijden naar Phoenix om mijn vader op te zoeken en we wilden Albuquerque vanavond bereiken, voor een tussenstop. En toen begon het heel hard te regenen.'

'Hoe laat was dat?'

Ik beet op mijn lip. 'Ik weet het niet. Ik heb niet op de klok gekeken.'

'Hoe laat was het ongevéér? Zeven uur? Acht?'

'Het was donker. Ik weet het niet. Misschien was het donker door de storm, maar ik denk dat het na zonsondergang was. Misschien halfacht?'

'En hoe zou je het zicht op de weg omschrijven?'

'Eh...'

'Hoe goed kon je de weg zien?'

Ik dacht aan de oceaan van water die ons omringd had. 'Het regende heel erg hard,' zei ik.

'Dus het zicht was slecht?'

'Ja.'

'En had je broer zijn snelheid aangepast? Was hij langzamer gaan rijden?'

Ik dacht aan ons gejakker door die donkere, natte avond. 'Ik weet het niet. Ik zat niet op te letten.'

'En wat gebeurde er toen?'

'Toen raakten we iets.'

'Wat heb je geraakt?'

'Dat kon ik niet zien. Ik voelde alleen de botsing.'

'Heb je niets gezien omdat je niet door de voorruit keek of omdat je wel keek maar niet kon zien wat het was?'

Ik probeerde weer hard na te denken. Had ik door de voorruit gekeken toen we haar aanreden? Ik kon het me niet meer herinneren. De regen had alles vervaagd.

'Ik weet het niet. Ik denk dat ik niet door de voorruit keek.'

'Heeft je broer geremd? Gleed de auto opzij?'

'Nee, nee, het ging te snel. Er was geen tijd om te remmen.'

Hij hield op met schrijven. 'Maar je keek niet door de voorruit. Dat klopt toch? Dus kun je niet weten of er nog tijd was om te remmen.'

Ik duwde mijn hand dieper in mijn zak en raakte de armband aan. Heel even werd ik er banger door. Maar toen, op de een of andere manier, voelde ik me juist veiliger. Ik sloot hem in mijn vuist en haalde diep adem.

'Ja, inderdaad. Maar het ging allemaal zo snel.'

'Heeft je broer na de botsing geremd?'

'Ja, toen remde hij. Jazeker.'

'En is hij gestopt?'

'Nee, hij dacht dat het een dier was. Een coyote.'

'Zei hij nog waarom hij dat dacht?'

'Ik denk omdat hij dat gezien dacht te hebben.'

'Maar jij hebt geen coyote gezien?'

Ik schudde mijn hoofd. 'Maar ik keek daarna om en zag iets op de weg.'

De agent boog zich geïnteresseerd verder voorover. 'Wat heb je gezien dan?'

'Het was donker, het regende te hard. Ik weet het niet.'

'Maar, leek het op een dier?'

'Het zou een dier geweest kunnen zijn.'

'En lag het op de weg?'

Ik dacht aan de duisternis, dat bevende ding op de weg, dat gewonde, stervende ding. Ik kon hem niet aankijken. Ik klemde

33

mijn vingers steviger om de armband en de scherpe randjes van de bedeltjes sneden in mijn handpalm. 'Het probeerde van de weg af te gaan.'

'Dus het bewoog?'

'Ja...'

'Rechtovereind of...?'

'Nee. Het leek te kruipen, dicht bij de grond.'

'Dus jullie hebben iets levends aangereden?'

Ik dacht aan het meisje dat er lag met haar mooie gebogen arm en de stralenkrans van haar. Ik hoorde Jamies stem: 'Maar het was een coyote.'

'Ik denk van wel.'

'Wat deden jullie toen, op dat moment?'

'Ik vertelde het aan Jamie en Kit. Ik zei dat ik iets had zien bewegen en we hadden het erover terug te gaan en Kit dacht dat als het een wild dier was, we toch niets konden doen.'

De agent dacht even na en hield zijn pen boven het formulier. 'Hebben jij of je broer of de andere passagier het over de mogelijkheid gehad, dat wat je op de weg had gezien een mens was?'

'Nee!' Mijn keel deed zeer. Ik zoog mijn adem in en klemde mijn vuist om de armband. Het deed pijn, maar ik was blij dat het pijn deed. 'Nee. Daar hebben we nooit aan gedacht. Als we dat hadden gedacht waren we wel meteen gestopt.'

Hij was weer aan het schrijven, snel, specifieke woorden, ook al was alles giswerk van mij. Hij wierp een blik op mij. 'Juffrouw Martinez, wil je even pauze nemen?'

Ik schudde mijn hoofd.

'Vertel me wat er toen gebeurde.'

'We keerden en toen we terug op de plek waren, vonden we haar.'

'En regende het toen nog steeds?'

'Ja.'

'Wat gebeurde er toen?'

'We... we zagen meteen dat ze dood was.'

'Hoe wist je dat ze dood was?'

Ik beet aarzelend op mijn lip. 'Dat zagen we gewoon. Haar ogen waren open. Ze bewoog niet en ze ademde ook niet.'

'Hebben jullie nog geprobeerd om het slachtoffer te reanimeren?'

Dat was de eerste keer dat iemand haar zo had genoemd. Ik keek hem aan. Als zij het slachtoffer was, wat waren wij dan?

'Nee. Ze was dood. Maar we hebben geprobeerd om het alarmnummer te bellen. We hadden alleen geen bereik.'

'En wat hebben jullie toen gedaan?'

Ik vertelde hem de rest, snel, zonder lucht te scheppen. Nu we waren aangekomen bij het deel dat ze dood was, maakte de rest niet meer uit. Ik vertelde hem dat ik moest overgeven, dat we naar Beth waren gereden om hulp te halen en dat Jamie was achtergebleven. Het leek me belangrijk te vermelden dat Jamie was achtergebleven. Alsof dat het enige was wat we goed hadden gedaan.

Hij luisterde en schreef. Toen viel er een gelaten stilte in de auto. Ik keek naar zijn gezicht terwijl hij zijn aantekeningen overlas. Ik zou hem kunnen tekenen, dacht ik, die scherpe lijn van zijn kaak. Maar ik wist niet wat dat over hem zei. Was hij boos? Geloofde hij mij?

Gezichten waren geometrisch, abstract als je ze net begon te tekenen. Ze werden steeds minder bekend als je er langer naar keek en ze als een puzzel opdeelde in vormen, onmogelijk om op te lossen.

Uiteindelijk zei hij: 'Goed, juffrouw Martinez, ik weet even genoeg. U zult wel moe zijn.' Voor het eerst keek hij me echt aan. Hij had mooie ogen met rimpeltjes in de ooghoeken. Als je hem had gezien als hij basketbalde of zijn hond uitliet, zou je nooit denken dat hij politieagent was. Hij leek niet iemand die zijn tijd tussen criminelen en doden doorbrengt.

Ik keek op de klok. Het was bijna middernacht.

7

Toen we weer naar Beths truck gingen, stond ze tegen de motorkap geleund met de sheriff te praten. Hij schudde zijn hoofd.

'We moeten hem meenemen naar het bureau. De moeder is op de hoogte gesteld. Die andere twee kunnen gaan, maar de chauffeur niet.'

Ik tuurde in paniek rond. Waar was Jamie? Ze gingen hem meenemen.

De politieagent legde zijn hand op mijn schouder. 'Geen paniek,' zei hij. 'Dat is gewoon de procedure. Is hij achttien?'

Ik knikte verdoofd. Jamie en Kit stonden bij een van de politiewagens. Kit keek mij met bezorgde ogen aan, maar Jamie staarde gewoon naar de grond. Hij schopte in het zand met zijn gymschoen en had zijn handen diep in zijn zakken gestoken. Ik liep naar ze toe.

Ik hoorde Beth aan de sheriff vragen: 'Waar moeten zij naartoe?'

'Nou, er is een motel in Kilmore, maar dat is wel ver weg voor vanavond. En we moeten het voertuig in beslag nemen. Ik zou ze naar het detentiecentrum kunnen brengen, maar...'

Ik draaide me om en Beth fronste en draaide aan haar haar. Ze zuchtte. 'Ze kunnen wel bij mij overnachten. Als het maar voor één nachtje is. Maar moet je nu echt nog hun auto meenemen? Het is al zo laat.'

'Ja. Ik stuur iemand om hem te slepen. Dan kun jij naar bed gaan.' Hij gebaarde naar mij. 'Juffrouw Martinez? Ik laat het bureau uitzoeken of je moeder nog wensen heeft over hoe we het vanavond gaan aanpakken.'

Ik keek naar Jamie. 'En mijn broer dan? Ik wil bij hem blijven.'

De sheriff schudde zijn hoofd. 'Het spijt me, hij moet met ons mee.'

Deze keer keek Jamie met grote, bezorgde ogen op. Ik voelde iets scherps achter in mijn keel branden en was bang dat ik in huilen zou uitbarsten. 'Kunnen we alsjeblieft bij elkaar blijven?' vroeg ik.

Maar de sheriff was al weggelopen, de zware holster tikte tegen zijn been.

'En onze vader dan?' vroeg ik aan Beth. 'Hij verwacht ons morgenavond in Phoenix. We hebben maar een week voorjaarsvakantie.'

Ze kwam naar ons toe en haar stem was vriendelijker dan hiervoor. 'Ik denk niet dat jullie snel weg mogen.'

Kit zoog zijn adem in. 'Ah, kom op, het was een ongeluk. Ze kunnen ons nergens van beschuldigen. Nou, misschien het bier ja, maar we waren niet dronken, het was niet onze schuld. Ik bedoel, als iemand voor je auto springt, 's avonds laat, is dat dan jouw schuld? Dat klopt toch niet.'

Ik zag dat Jamie zijn hand balde tegen zijn dijbeen. 'Hou daarmee op. Ik heb dat meisje niet geraakt. Dat zeg ik steeds. Ik heb iets geraakt, maar geen mens.'

'Oké, oké,' zei Kit snel. 'Relax. Ik zeg alleen wat de agenten denken. En zelfs al was het dat meisje, dan had je nog geen tijd om te remmen of uit te wijken. Dat heb ik ze ook gezegd. Je kon helemaal niks doen.'

'Het was een dier,' zei Jamie. 'Het was een coyote.'

Beth legde haar hand op Jamies arm. Er zaten kleine spatten groene verf op haar knokkels. 'Denk er maar niet meer aan. Wat er ook gebeurd is, je kunt er nu toch niets meer aan veranderen.'

Jamie staarde naar haar vingers. Hij zei niets.

Ze liet abrupt los en gebaarde naar Kit en mij. 'Als je moeder het goedvindt, kunnen jullie met mij mee naar huis.'

'Maar Jamie...'

'Hij moet met de politie mee,' zei ze en ze liep naar haar truck.

Ik wendde me tot Jamie. Hij keek me aan met een gespannen gezicht.

'Ik wil dat we bij elkaar blijven,' zei ik weer.

Jamie schudde zijn hoofd. 'Het komt wel goed, Luce. Gaan jullie maar.'

'Maar...'

'Ga.'

Ik raakte zijn hand aan, maar hij keek me niet aan. De twee agenten waren binnen gehoorsafstand en stonden te luisteren en te wachten. Ik volgde Beth naar de truck.

Een paar minuten later deed Kit het portier open en liet zich naast me op de voorbank glijden. Hij boog zijn gezicht vlak bij mijn oor. 'Maak je geen zorgen,' fluisterde hij. 'Dit is wat ze altijd doen. Het heeft niets te betekenen.'

'Hoe weet je dat?' fluisterde ik terug terwijl ik door de natte voorruit naar Jamie staarde. 'Hoe weet jij wat ze altijd doen?

Gaan ze hem arresteren? Moet hij naar de gevangenis?' Ik voelde de tranen over mijn wangen stromen. Ik hoopte dat Kit het niet kon zien omdat het zo donker was.

'Nee, Luce! Jemig. Hou toch op.'

De sheriff kwam aan Kits kant van de auto staan en legde zijn hand op het portier. 'Jullie kunnen gaan,' zei hij. 'Juffrouw Martinez, je moeder wil dat je haar belt zo gauw je bij mevrouw Osway thuis bent.'

Ik wreef over mijn natte wangen en knikte maar keek hem niet aan. Hij sloeg het portier dicht en het leek of er een hek dichtging, met ons aan de ene kant en Jamie aan de andere. De twee agenten namen hem mee naar een van hun politiewagens. Toen hij langsliep zag ik zijn schouderbladen door zijn T-shirt steken, dun en breekbaar als vleugels.

8

De truck denderde Beths oprit op en even later waren we bij haar huis. De honden waren binnen en sprongen tegen de ramen, luidkeels blaffend.

'O, godsammenogantoe,' zei Beth. 'Haal je tassen uit de auto,' zei ze tegen ons. Ze klom de truck uit en schreeuwde: 'Koest!'

Toen ze de deur opendeed sprongen de honden tegen ons op en drukten hun natte neuzen tegen onze benen. Beth duwde ze weg. 'Nee, Oscar! Zit, Toronto!'

Kit en ik stonden bij de deur en wisten niet wat we moesten doen. 'Ik heb een extra bed,' zei Beth tegen mij. 'Daar kun jij slapen.' Ze wendde zich tot Kit. 'Voor jou zal ik wat dekens pakken. In de studeerkamer ligt een tamelijk dikke vloerbedekking.'

Kit staarde naar het halfgeschilderde metalen ding in de huiskamer. 'Wat is dat?' vroeg hij.

'Iets waar ik aan werk.'

'Echt? Is het een beeldhouwwerk?' Hij liep ernaartoe en wilde zijn hand op een van de pijpen leggen.

'Niet aanraken,' zei Beth. 'Het is nog nat.'

'Waar is het van gemaakt?'

'Metaal. Auto-onderdelen. Dingen die ik heb gevonden.'

Kit grijnsde. 'Wat een troep,' zei hij.

Dat was precies wat ik van hem verwacht had. Hij klonk alweer bijna als zijn normale zelf.

'Het ís troep,' antwoordde Beth kalm.

Kit liep eromheen. 'Wat ga je ermee doen?'

'Het is een opdracht. Het komt dit najaar op het vliegveld van Albuquerque te staan.'

'Maak je een geintje? Heeft iemand híér geld voor over?'

Beth verdween de gang in en zei over haar schouder: 'Veel geld zelfs.'

Ze kwam terug met haar armen vol dekens en kussens. 'Ik weet dat het laat is, maar moeten jullie nog iemand bellen? Je ouders, misschien?'

Kit gooide zijn weekendtas over zijn schouder en schudde snel zijn hoofd. 'Mijn ouders zijn er niet. Ik bel ze morgen wel.'

Ineens had ik ontzettende behoefte om mijn moeders stem te horen, haar veilige, evenwichtige stem die me eraan herinnerde om mijn nek met zonnebrand in te smeren en Jamie met het kaartlezen te helpen. 'Ik moet mijn moeder nog bellen,' zei ik. Ik dacht aan Jamie.

'Het bereik is niet geweldig hier,' zei Beth. 'Neem de telefoon in de slaapkamer maar.'

'Ik heb een telefoonkaart,' zei ik snel.

Ze keek me aan. 'Dat hoeft niet.'

De logeerkamer was klein en er stond een tweepersoonsbed in dat bijna de hele ruimte in beslag nam. De muren waren donkerblauw geverfd en een groot, kaal raam omlijstte de nachtelijke woestijn. Het was alsof je hoog in de lucht sliep. Gisteren zou ik dat leuk gevonden hebben, die zwevende vrijheid. Nu was ik daar niet zo zeker van.

'Als je het koud krijgt,' zei Beth in de deuropening, 'ligt er een extra deken onder het bed.'

Ik duwde de deur half dicht toen ik me omkleedde. De armband rinkelde toen mijn jasje op de grond viel. Ik viste hem eruit en liet hem bungelen in het licht. Maar toen ik Kit in de gang hoorde, liet ik hem snel in een zak van mijn rugzak glijden en haalde mijn telefoonkaart eruit.

Zou Jamie intussen al met mam gesproken hebben? Vanuit het politiebureau? Ik huiverde toen ik me hem voorstelde in een cel. Alleen. Ik vroeg me af wat hij haar had verteld. Thuis, als hij mij bijvoorbeeld verklikte, hield hij niets achter, dan diste hij elk verdacht makend detail met een perfect gevoel voor timing op om haar woede te vergroten. Meestal deed ik hetzelfde bij hem. Maar dit was anders. Wat het ook was, we zaten in hetzelfde schuitje. Ik dacht aan toen we klein waren en de goot kapot hadden gemaakt doordat we van het dak van de garage waren afgesprongen, of die keer dat we een kaartspel in de ventilator hadden gestopt om er confetti van te maken. Ik wist bijna zeker dat hij mam de korte versie had verteld, haar net voldoende informatie had gegeven.

Maar wie kon hier sowieso wijs uit worden?

Ik zette het raam op een kier en er trok een koude windvlaag over me heen. Rillend kroop ik onder de dekens en ik pakte de telefoon uit de oplader naast het bed, drukte de nummertoetsen in en volgde een rijtje blikkerige instructies.

'Hallo?' Ze nam de telefoon na één keer overgaan al op.

Ik trok de deken over me heen en duwde de telefoon tegen mijn gezicht. 'Mam?'

'Lucy! Lucy.'

Haar stem klonk uitgeput van bezorgdheid. Toen ik hem hoorde, stortte ik bijna in. Ik probeerde te praten, maar de woorden bleven steken in mijn keel. 'Mam...'

'O, schatje.'

Ik zag de blik op haar gezicht voor me, de mengeling van liefde en angst waardoor ik me altijd nog slechter ging voelen dan al het geval was. Ik kon er niet tegen.

Ik kneep mijn ogen dicht en probeerde met een normale stem te praten. 'Het is oké, mam. Alles is oké.'

'Lucy,' zei ze, 'ik kan gewoon niet geloven wat er is gebeurd!'

'Ik weet het. Maar maak je geen zorgen. Wij hebben niks.'

'Hoe gaat het met Jamie? Ik heb hem net gesproken en hij leek... Hij klonk alsof hij zichzelf niet was. En waar ben jij? Bij een vreemde thuis? Ik vind het allemaal maar niks. Echt.'

Ik dacht aan Beth. 'We zijn hier veilig,' zei ik. 'De politie kent haar. Ze woont vlak bij de snelweg en het was het eerste huis dat we tegenkwamen na het ongeluk. Ze... probeert ons te helpen.'

Ik hoorde het geluid van banden op het erf en er danste een oranje licht over de muur van de kamer. De honden begonnen weer te blaffen. Ik hoorde stemmen, die van Beth en een lage stem van iemand anders.

'Wat gebeurt er?' vroeg mam scherp. 'Wat is dat voor geluid?'

'De sleepwagen,' zei ik. 'Ze slepen onze auto weg.'

Mam zuchtte. 'Ik kan maar niet geloven dat jullie er helemaal alleen voor staan. Dit is niet iets wat jullie alleen zouden moeten afhandelen.' Ze was even stil en toen zei ze met vastberaden stem: 'Ik bel je vader wel. Hij kan jullie komen halen. Dat moet hij doen.'

Ik zei helemaal niks. Ik wist dat het niet zou gebeuren.

'Lucy, heb je hem al gesproken?'

'Nee, maar ik zal hem wel bellen, mam.'

'Goed, schatje. Het is al laat. Je moet gaan slapen. Je zult wel uitgeput zijn.'

'Ja.' Ik wilde nog niet ophangen. 'Mam?'

'Wat is er, liefje?'

Ik moest steeds aan het meisje denken. Ik wilde haar vertellen over haar wijd opengesperde, starende ogen, aan haar arm die over haar hoofd gebogen was. Maar toen dacht ik aan mijn moeder die alleen thuis was en zich zorgen over ons maakte en hield mijn mond.

'Slaap lekker, schatje. En, Lucy…'

'Ja?' Ik wachtte, hoopvol.

'Je belt toch niet op andermans kosten? Heb je de telefoonkaart gebruikt?'

Ik zuchtte. 'Ja, ik heb de kaart gebruikt.'

'Goed. Dan praten we morgen verder, oké?'

'Oké.' Ik klemde mijn vingers om de hoorn. 'Mam?'

'Wat is er, schatje?'

Er viel een stilte die wel tastbaar leek. Ik liep ertegen aan als een mot in een afgesloten potje.

'Mam, denk je dat je nog even aan de lijn kunt blijven?'

Ik hoorde dat ze uit bed stapte en naar de keuken liep. Haar stem klonk luider en dichterbij toen ze de telefoon tussen haar wang en haar schouder had geklemd. 'Natuurlijk, liefje. Ik kan toch niet slapen. Probeer jij je nou maar te ontspannen. Ik ga wel wat rekeningen betalen.'

Ik draaide me op mijn zij en deed het licht uit. In het donker luisterde ik naar de zachte geluiden toen ze de enveloppen openscheurde en de rekeningen eruit haalde, het krassen van haar pen. Na een tijdje zei ze: 'Lucy?'

'Ja?'

'Gaat het weer? Ik wil niet dat je de hele telefoonkaart op-maakt. Kun je nu gaan slapen?'

'Ik denk het wel.'

'Dan spreek ik je morgen weer. Goed?'

'Oké. Tot dan.'

Ik stak mijn arm onder de warme grot van dekens uit en zette de telefoon terug in de oplader. Het raam leek te dichtbij en te groot en het vulde de kamer met alles wat zich daar buiten be-vond. Ik staarde de duisternis in en dacht aan het meisje. Mis-schien was ze daar ergens, zwevend in die koude, aardse stilte.

9

Ik werd rillend wakker in het donker. Er was iemand bij me in de kamer.

Ik trok de lakens op tot mijn kin en zag dat het de hond was. Oscar, de zwarte. Hij had de deur opengeduwd en stond hijgend, met zijn tong uit zijn bek, naar me te kijken. Hij liep klik-klakkend naar me toe, sprong op het bed en ging met veel lawaai naast mijn gezicht liggen. Ik voelde zijn adem op me, warm en muf. Ik legde een hand op zijn kop en aaide langzaam de zijdeachtige vacht tussen zijn oren tot mijn hart weer tot bedaren kwam.

Ik had van haar gedroomd. In de droom reden we door de regen, die vreselijke regen, maar deze keer zagen we haar wel. Ze stond pal voor ons en Jamie probeerde te remmen. Ze strekte haar armen uit. Haar ogen waren groot en angstig en ze zei iets. In de droom remden we een eeuwigheid, maar toch reden we haar aan.

Ik bleef de hond aaien totdat hij in slaap viel. Door het raam zag ik dat het licht werd. Ik klom snel uit bed en ritste de zak van mijn rugzak open. Ik vond de bedelarmband, haakte hem om mijn vinger en stak die tegen het raam omhoog. Hij glinsterde in het schemerige roze licht.

Ik had eerder niet echt de kans gekregen om hem goed te bekijken. Er zaten vier zilveren bedeltjes aan: het hartje dat op een van mijn bedeltjes thuis leek, een zandloper, een hoefijzer en een schatkistje. Toen ik de deksel van de schatkist openmaakte, zag ik dat er kleine glitterende steentjes in zaten – gewoon gekleurd glas, maar mooi: rood groen, paars. Ik zag voor me hoe het meisje dit bedeltje in een winkel had uitgezocht omdat ze dit zo'n leuke verrassing vond.

Tussen de zandloper en het hoefijzer hing een leeg haakje. Ik voelde in mijn jaszak en rugzak om te kijken of het bedeltje er los in zat. Misschien lag het nog ergens op de weg.

Ik keek naar de woestijn die er grijsroze uitzag in het vroege ochtendlicht en bezaaid was met struiken en stenen. De gekreukelde rode hellingen van de bergen rezen in de verte op. Het was te vroeg om op te staan. Het was stil in het huis. Ik pakte de telefoon en drukte de code van de kaart in en toen Ginny's nummer. Was het thuis een uur later? Ik kon het me niet herinneren.

'Hallo?' Haar stem klonk schor en gedempt. Misschien was het niet een uur later daar. 'Met wie spreek ik?'

'Met mij. Ik ben het,' fluisterde ik terug. De hond stak een oor en zijn kop omhoog en keek me aan.

'Lucy? Jemig.' Ik hoorde haar bewegen onder de lakens. 'Waar zit je?'

'In New Mexico. We hebben een ongeluk gehad.'

'Wat?' Ze klonk wakkerder. 'Wat is er gebeurd? Een auto-ongeluk?'

'Ja, een auto-ongeluk,' zei ik snel en nog steeds fluisterend. Ik vertelde haar over het bier en de regen en het meisje dat dood naast de weg lag. Het leek ineens heel echt, alsof de woorden het vastlegden en er iets van maakten waarvan je op een afstandje naar kon kijken.

Toen ik ophield met praten was Ginny stil. *'Holy shit,'* zei ze uiteindelijk.

Daarom had ik haar gebeld. Zij zei altijd precies wat ik voelde.

'Wat gaan jullie doen?'

'Jamie zit op het politiebureau. Ze moeten de auto onderzoeken en nog wat dingen, ik weet het niet.'

'Maar wat gaat er met jullie gebeuren? Ik bedoel, met Jamie? Hij zat achter het stuur.'

'Ik weet het niet.' Ik dacht aan Jamie en aan de glimlach waarmee hij altijd iedereen inpakte: Maddie Dilworth, Kristi Bendall, de serveersters in de wegrestaurants. Dat leek allemaal eeuwen geleden.

Ginny ademde uit in de hoorn, een diepe zucht. 'Zit hij in de gevangenis? Hebben ze hem gearresteerd?'

Ik kromp ineen. 'Nee! Nee. Dat moet je niet zeggen. Het was niet zijn schuld.'

'Oké, oké.'

'Het was een ongeluk.'

'Dat weet ik. Ik denk gewoon hardop.'

'Kit had het bier gekocht.'

Ze kreunde. 'Kit de klit.'

Ik hoorde voetstappen in de gang. 'Ik moet ophangen,' fluisterde ik en ik graaide de armband snel uit het nest van dekens.

'Oké, bel me later.'

'Doe ik,' beloofde ik. Ik liet de armband in mijn rugzak vallen toen Beth de deur openduwde.

'Je bent wakker,' zei ze. 'Ik zocht Oscar.' Ze knipte met haar vingers en hij sprong kwispelend van het bed. 'Ik had moeten zeggen dat je de deur op slot moest doen.'

'Geeft niks,' zei ik, 'ik hou van honden.'

Ze draaide zich om. 'Echt? Ik niet. Maar ik ben aan deze jongens gewend geraakt.'

Ik trok mijn spijkerbroek aan en volgde haar naar de keuken. Het was een lange, witte rechthoek aan het einde van het huis: witte keukenkastjes, witte tegels en een witte houten tafel aan één kant. Er stond een beschadigde rode schaal met bananen op het aanrecht, de enige kleur in het vertrek met uitzondering van de vale lucht die door de vierkante ramen te zien was.

De woestijn zag er nu anders uit, hij sprankelde van kleur. Ik zag plukjes gele bloemen, een bos lavendelknoppen. 'Hé,' zei ik, 'kijk.'

Beth glimlachte. 'De woestijn na een storm. Dan gaat alles ineens groeien. Bloemen schieten binnen een dag omhoog en gaan bloeien, en je ziet insecten en dieren waarvan je niet eens wist dat ze bestonden. Allemaal door de regen.'

'Hoelang duurt dat?'

'Niet lang. We hebben de laatste tijd erg warm weer gehad, veel warmer dan normaal. Dan sterft alles uit. Maar water doet wonderen op een plek als deze.'

De telefoon ging over, er klonk een lange doordingende trrr-ring. Beth nam hem op.

'Hallo? O, hallo, Stan. Jij bent vroeg aan het werk. Ja, ze zit naast me. Hij slaapt nog. O, oké. Geen probleem. Rond tien uur? Oké. Wat? Nee. Dat denk ik niet. Waarom vraag je het niet aan Lucy?' Ze gaf de telefoon aan mij.

Ik slikte en was ineens nerveus. Wat nu weer? 'Hallo?'

'Juffrouw Martinez? Je spreekt met sheriff Durrell. Ik wil nog even iets weten. Jullie hebben gisteravond toch niet iets van het slachtoffer meegenomen?'

Hij wist van de armband. Hoe kon dat?

Ik speelde met mijn T-shirt en draaide me om zodat Beth mijn gezicht niet kon zien. 'Eh,' zei ik terwijl ik probeerde mijn stem zo normaal mogelijk te laten klinken. 'Hoe bedoelt u?'

'Nou, uit de verhalen van je broer Jamie en die andere jongen...' hij stopte, 'Freder...'

'Kit,' zei ik.

'Ja, Kit. Uit hun verhalen begreep ik dat jullie het slachtoffer niet hebben verplaatst.'

'Nee, we hebben niks met haar gedaan,' zei ik snel. 'Ik bedoel, we hebben haar shirt omlaaggetrokken omdat het boven haar buik was gekropen, maar...'

'Ik vraag het omdat we geen identiteitsbewijzen hebben kunnen vinden. Geen portemonnee, geen rijbewijs, geen tas of andere persoonlijke bezittingen. Dat is... tja, dat is ongebruikelijk en zal het voor ons een stuk moeilijker maken. Ik vroeg me af of jij of een van de jongens misschien ter plekke iets hebben opgeraapt. Iets wat van het slachtoffer was.' Hij aarzelde. 'Ik begrijp dat je behoorlijk overstuur was en dat je misschien niet hebt beseft dat...' Hij wachtte tot ik iets zou zeggen.

Maar ik kon het niet. Hij was toch niet op zoek naar een armband. Hij was op zoek naar iets met haar naam erop. De armband was alleen voor mij van belang. 'Nee,' zei ik, 'we hebben haar zo aangetroffen.'

'Hm. Nou goed, bedankt. We gaan de auto onderzoeken en zullen binnen een paar uur het voorlopige rapport hebben. Ik heb tegen mevrouw Osway gezegd dat ik je broer voorlopig vrijlaat.'

'Echt waar?' Ik kneep in de telefoon en mijn maag kriebelde van hoop. 'Mag hij weg?'

'Niet uit deze omgeving, nee. Maar het alcoholpercentage in zijn bloed en nog wat andere dingen bleken binnen de perken te zijn. We hebben hem niet meer nodig op het bureau, als we maar weten waar hij is.' Hij stopte weer. 'Dan zie ik je straks, juffrouw Martinez.'

'Oké. Tot ziens.' Ik hing op en wendde me tot Beth die naar me keek. 'Hij zei dat Jamie kan gaan.'

Ze knikte. 'Ja, we mogen hem om tien uur ophalen. Dat is mooi. Ik neem aan dat het bloedonderzoek goed is afgelopen.'

'Dus ze weten dat het niet zijn schuld is? Dan zullen ze hem toch niet in staat van beschuldiging stellen of zoiets?'

Ze schonk koffie in twee mokken. 'Daar heeft hij niets over gezegd,' zei ze voorzichtig.

'Maar denk je niet...'

'Ik denk dat het goed is dat ze hem vrijlaten.' Ze keek me met dezelfde onderzoekende blik aan die ze steeds had, niet sympathiek, niet eens beleefd, maar oplettend en beoordelend. 'Ik zou hier niet te veel uit afleiden. Niet als er iemand dood is.'

Ik kromp ineen.

Ze duwde een van de mokken over het aanrecht mijn kant op en hield die van haar met beide handen vast. Ze was stil. Ik rook de bittere stoom. Het deed me denken aan mijn moeder die thuis aan het ontbijten was. Ik dronk meestal geen koffie, maar ik proefde toch omdat ik om de een of andere wijze niet durfde te weigeren. Ik brandde mijn tong.

Ik probeerde een ander gespreksonderwerp te bedenken. 'Hoe lang woon je hier al?'

'Negen jaar. Ik kom uit Detroit.'

'Echt? Helemaal alleen? Heb je geen man of kinderen of iets?'

'Nee. Ik ben gescheiden. Hij heeft het huis gekregen, ik de honden.'

'Maar je zei dat je niet van honden houdt?'

'Klopt. Dat is een scheiding. Je krijgt allebei de helft, maar niet de helft die je wilt.' Ze glimlachte een beetje en streek haar handen door haar haar en deed het achter haar oren. 'Ik ben nu wel aan ze gewend.'

Ik dacht aan deze plek bij nacht, zo uitgestrekt en bodemloos als de oceaan. Ik kon me niet voorstellen dat ik hier in mijn eentje zou wonen. 'Ben je niet bang? Zo alleen?'

Beth nam een slokje van haar koffie. 'Niet echt. De honden zijn weliswaar heel vriendelijk en niet echt waaks, maar ze kunnen een hoop lawaai maken.' Ze keek uit het raam. 'Ik vind het fijn hier. Het is stil. En als je eraan gewend bent, is de woestijn prachtig.'

'Maar het is zo leeg,' zei ik.

Beth knikte. 'Het is leeg. Maar hij verandert de hele tijd een heel klein beetje. En hij zorgt niet voor... afleiding, zoals vele andere plekken.'

Ik dacht aan mijn eigen woonplaats Kansas, een paar kilometer naast Kansas City. Die leek niet zozeer afleidend, als wel bewoond. Wegen, huizen, winkels, boerderijen, een dwarsdoorsnede van het leven van de meeste mensen. Ik miste het, de manier waarop alles met iets anders verbonden was.

Ik zette mijn mok op het aanrecht. 'Ik ga kijken of Kit al wakker is.'

Hij en Jamie zouden makkelijk tot de middag doorslapen als niemand ze wakker maakte. Ik deed elke deur in de gang open – twee kasten, een slaapkamer, een badkamer – tot ik de studeerkamer vond waar Kit uitgestrekt op een wirwar van dekens lag. Hij lag plat op zijn rug, zijn haar krulde over zijn voorhoofd en zijn lippen waren vol en stonden een beetje open. Als je Kit niet kende, zou je denken dat het een leuke jongen was. Maar zijn persoonlijkheid zat hem in de weg.

'Hé,' zei ik tegen de stilte. 'Hé! Wakker worden.' Ik duwde met mijn voet tegen hem aan. Hij rolde op zijn zij.

'Kit,' zei ik, 'wakker worden. We gaan zo dadelijk Jamie ophalen.' Niet echt dadelijk. Pas over twee uur, maar dat hoefde hij niet te weten. Ik had geen zin meer om in mijn eentje met Beth te praten. 'Hij mag van de politie hiernaartoe komen.'

Kit deed zijn ogen open. Hij kwam overeind op een elleboog en wreef met zijn andere hand door zijn haar. 'Echt waar? Wat is er gebeurd?' Hij keek op zijn horloge en viel toen weer terug op zijn kussen. 'Tjee, wat is het vroeg.'

Ik duwde weer met mijn voet. 'Je moet opstaan.'

'Hou op met schoppen.'

'Kom op nou. Wil je Jamie niet ophalen?'

'Ja, ja, natuurlijk,' mompelde hij. 'Maar jemig, moet dat nu?'

'Zo dadelijk,' zei ik weer. 'Kom op. Beth heeft koffie gezet.'

Om de een of andere reden stopte hij met vragen stellen. Hij ging zitten en rekte zich uit, gooide zijn armen heel overdreven in de lucht alsof hij net uit een winterslaap ontwaakte. Hij trok zijn T-shirt in een snelle beweging uit en toen ik knipperde en wegkeek voelde ik dat hij lachte.

10

Het politiebureau was ongeveer een halfuur rijden, in de richting van Albuquerque. Ik was blij dat we niet langs de plek kwamen waar we het meisje hadden gevonden. Maar ik wist niet eens of ik die zou herkennen. Het landschap zag er bij daglicht anders uit, niet zo bedreigend. Het zand was zalmkleurig en bezaaid met struiken en veerachtig gras. Beth reed snel, veel sneller dan toegestaan en ze had maar één hand aan het stuur. Kit keek met ontzag naar de snelheidsmeter. Hij probeerde een paar keer zonder succes een praatje met haar aan te knopen.

'Dus je kent die politieagenten wel een beetje?' zei hij op een bepaald moment.

'Hoe bedoel je?'

'Nou, het leek of je zelfs bevriend bent.'

'Het is een kleine gemeenschap. Iedereen kent elkaar.'

'Maar de sheriff, het leek of hij...'

'We zijn een tijdje met elkaar geweest.'

'O,' Kit keek haar geïnteresseerd aan. 'O.'

Ik gaf hem een por, maar hij trok alleen een tevreden grijns. Beth zei niets meer. We waren ineens in de stad, of wat voor een stad door moet gaan in een omgeving als deze. Er stonden wat lage gebouwen bij elkaar, er waren wat benzinepompen en een supermarkt. Het politiebureau was een saai wit gebouw dat aan de weg stond.

'Blijven jullie maar hier,' zei Beth. Ze sloeg het portier dicht en beende over het parkeerterrein.

'Kijk. Je hebt haar kwaad gemaakt,' zei ik tegen Kit. 'Waarom stelde je al die vragen aan haar?'

'Ik wist dat er iets tussen haar en die agent was,' zei Kit. 'Ik pik dat soort dingen op.'

'Ja, je bent ook zo gevoelig,' zei ik met mijn ogen rollend.

'Dat klopt,' zei hij, 'op dat gebied wel, ja.'

Toen Jamie met Beth door de deur stapte, kromp mijn hart ineen. Daar stond hij dan in zijn gekreukelde T-shirt van de avond ervoor. Zijn haar zat in de war zoals altijd 's ochtends. Maar toch was er iets veranderd. Zijn schouders hingen. Zijn ogen waren te helder.

'Hé,' zei hij toen hij aan Beths kant instapte. 'Hoi, mensen.' De truck was breed, maar niet breed genoeg voor vier personen. Ik werd geplet door Jamie en Kit, hun schouders drukten hard tegen mij aan.

Ik pakte zijn arm en hield hem vast. 'Gaat het, Jamie? Wat is er gebeurd?'

Hij keek me niet aan. 'Het gaat wel.'

'Maar wat hebben ze met je gedaan? Zat je in een cel?'

Hij fronste en staarde door de voorruit.

'Wat is er?' Ik wilde dat hij me aankeek, maar dat deed hij niet.

'Niets. Ik ben gewoon... ik ben gewoon moe. Ik heb niet veel geslapen.'

'Maar hebben ze...'

'Ik wil er niet over praten, oké?'

Ik keek naar zijn gezicht. 'Oké.'

Hij was een ogenblik stil. Hij bleef maar naar Beth kijken en de gespannen, bezorgde blik op zijn gezicht veranderde plotseling. Ik zag dat hij probeerde de vreemde gebeurtenissen van zich af te schudden, om zijn oude zelf weer te vinden. Hij kromde zijn rug een beetje, strekte zich en zei tegen Beth: 'Heb je ooit zoveel mensen tegelijk een lift gegeven?'

'Nee,' zei Beth, 'het is wel krap.'

'Ik zal wat plaats maken.' Jamie tilde een arm op en legde die over de stoel achter Beths schouders.

Beth keek hem aan, maar zei niets.

Ik kon het niet geloven. Heel even dacht ik dat ik me vergiste. Maar nee, de uitdrukking op zijn gezicht, de manier waarop zijn hand dicht bij haar arm bungelde. Was ze niet twintig jaar ouder dan hij? En was hij niet net gearresteerd voor moord? Of wat ze ook met hem hadden uitgevreten? Maar hier zat hij dan, een vrouw te versieren die bijna net zo oud was als onze moeder. Ik duwde mijn elleboog in zijn zij.

'Au! Hé! Waarom doe je dat?' hijgde hij.

'Sorry,' mompelde ik. 'Ik wilde wat meer ruimte maken.' Naast me hoorde ik dat Kit zijn lach probeerde in te houden.

Toen we weer bij Beth thuis waren, keerde ze zich in gedachten van ons af. 'Ik moet aan het werk,' zei ze. 'Pak zelf maar alles wat je nodig hebt.'

Ze draaide haar haar in een dikke knot die ze achter op haar hoofd met een pen vastzette.

'Hoe doe je dat?' vroeg Jamie die naar haar keek.

'Vaak oefenen.'

Hij glimlachte naar haar. 'Je hebt mooi haar.'

Beth trok haar wenkbrauwen op en keek hem bevreemd aan. 'Dank je.'

'Jamie,' zei ik om zijn aandacht te vangen, 'we moeten pap bellen.'

Hij aarzelde. 'Ja. Kun jij dat niet doen? Zeg maar dat we het niet redden vandaag.'

Ik liep naar de slaapkamer en toen ik de deur opendeed sprongen de honden snuffelend en kwispelend tevoorschijn. Ze renden naar de huiskamer en ik hoorde dat Beth ze riep. Ik ging op de rand van het bed zitten en draaide het nummer van mijn vaders werk. Hij was vast niet op kantoor; daar was hij bijna nooit. Hij was verkoper bij een verzekeringsbedrijf en de helft van de tijd was hij onderweg naar klanten.

Ik luisterde naar de vier korte piepjes van zijn antwoordapparaat en toen de onpersoonlijke vriendelijkheid van zijn werkstem: 'Dit is Bob Martinez. Ik ben nu niet bereikbaar, maar als u een boodschap achterlaat, bel ik u zo snel mogelijk terug.'

Ik haalde diep adem. 'Pap? Met mij, Lucy. We bellen uit New Mexico, ergens voorbij Albuquerque. We...' Ik zat te bedenken wat ik wilde zeggen. 'We hebben een soort ongeluk gehad, met de auto. Niemand is gewond...' Ik haalde nog een keer adem. 'Wij zijn niet gewond, maar we denken dat we iemand hebben aangereden, een meisje en zij is...' Ik kneep in de zoom van mijn T-shirt en drukte die tegen mijn buik. 'We weten niet precies wat er is gebeurd. Het regende zo hard dat we niets konden zien. Maar ze is dood. Het meisje is dood. Dus nu zijn we hier en we zijn verhoord door de politie. En mam zei, nou ja, mam vroeg zich af of jij kunt komen...'

Zo gauw ik het had gezegd, had ik er spijt van. Ik wilde hem geen 'nee' horen zeggen, ook al had hij er een goede reden voor, en zou het na zijn uitleg niet meer dan logisch zijn dat hij gewoon in Phoenix bleef en wij de dingen zelf zouden afhandelen. Ik hield de telefoon dichter bij mij oor. 'Maar, eh, misschien hoef je dat ook niet te doen. Ik bedoel, we zijn bij een vrouw thuis en alles is min of meer onder controle. Maar we zullen niet vanavond in Phoenix aankomen. We moeten blijven tot...' Ik werd afgesneden door een lange toon. Ik hoorde een klik.

Ik nam de telefoon mee naar de huiskamer waar het naar verf rook. Beth zat geknield op een stoflaken dat onder de verfspetters zat. Haar gezicht was gespannen van de concentratie. Ze had een kwast in haar hand en verfde de onderkant van het beeld turkoois.

'Wat mooi,' zei ik, 'die kleur.'

Ze keek niet op. Jamie en Kit lagen op de bank naar haar te kijken.

'Heb je hem te pakken gekregen?' vroeg Jamie.

Ik schudde mijn hoofd. 'Ik heb ingesproken.'

'Mooi zo. Dan proberen we het later nog een keer.'

Ik gaf de telefoon aan Kit. 'Wil je nu je ouders bellen?'

Kit schopte tegen een stapel kranten. 'Misschien straks.'

Ik liep langs ze en ging op de grond zitten, naast de wild gedraaide metalen onderkant van het beeld. Het was moeilijk te bepalen waarvan het was gemaakt, maar toen ik beter keek, zag ik een uitlaatpijp, twee gedeukte nummerborden en iets wat op de grillplaat van een barbecue leek.

'Wanneer denk je dat we onze auto terugkrijgen?' vroeg ik.

Jamie fronste. 'Pas als ze de resultaten van het laboratorium terugkrijgen, denk ik.'

'Zijn ze...' Ik slikte. 'Hebben ze nog iets over het bier gezegd? Ze gaan je toch niet... arresteren of zoiets?'

Kit blies luid uit. 'God, jij bent zo negatief.' Hij draaide zich naar Jamie. 'Ik snap wel dat je niet de hele reis alleen met haar opgescheept wilde zitten.'

Ik keek Jamie gekwetst aan. Hij negeerde ons en keek hoe Beth schilderde.

'Waarom gebruik je auto-onderdelen en pijpen en dat soort dingen?' vroeg hij.

Ze bewoog de verfkwast met grote halen over het staal. 'Ik gebruik graag dingen die mensen weggooien,' zei ze.

Kit had zijn voet op een stuk krant gezet en liet die heen en weer glijden over de grond. 'Waarom? Ik bedoel, ik heb dit soort metalen dingen weleens eerder gezien. Je zou een gloednieuw stuk roestvrij staal kunnen nemen en er iets heel cools mee maken. Niet dit soort troep met oude nummerborden.'

Jamie sloeg hem op zijn schouder. 'Hou je kop.'

'Hé,' zei Kit over zijn schouder wrijvend, 'ik vroeg het alleen maar.'

Beth zat op haar hielen en balanceerde de verfkwast tussen haar duim en wijsvinger. Ze keek van Kit naar Jamie. 'Geeft niks. Mensen mogen er een eigen mening op na houden. Dit is ook niet aan iedereen besteed.'

'Wat is het?' vroeg ik. 'Hoe heet het?'

'Joshua Tree. Ik maak natuurlijke vormen. Dat is het hele punt. De natuur is gemaakt van machines en apparaten.'

Toen zag ik het. De gedraaide boomstronk, de manier waarop de stukken metaal het beeld structuur gaven, wortels en schors.

Jamie leunde naar voren en glimlachte naar haar. 'Ik vind het mooi. Het is anders.'

Beth haalde haar schouders op. 'Dit is nog maar de basis. Ik doe het in delen.'

Kit hield zijn hoofd scheef. 'Het lijkt niet op een boom.'

'Als ik het helemaal in elkaar heb gezet wel.'

'Maar dan snap ik het nog niet. Waarom gebruik je oude rommel?'

Beth keek hem even aan. Ik wist dat ze overwoog of ze dit gesprek wel aan wilde gaan. Ik wilde haar waarschuwen dat het niet de moeite waard was.

Ze ging weer door met schilderen. Het was hypnotiserend om naar te kijken. Ze had zo'n vaste hand, leek zo zeker van zichzelf. Ik leunde met mijn hoofd tegen de bank.

'Het is behoorlijk abstract,' zei ze. 'Het is een manier van kijken.' Ze aarzelde. 'Er is zoveel lelijkheid, weet je. Wat je langs de snelwegen, op straat en achter schuurtjes ziet liggen. Al die troep. In de natuur is dat niet zo. Niets is zo lelijk van zichzelf.'

Kit keek naar Jamie. 'Dan heeft ze Lisa Becker nog nooit gezien,' zei hij.

Ik sloeg hem met mijn vuist. 'Hou je kop, Kit.'

Hij keerde zich geërgerd naar mij toe. 'Hoezo? Ze is toch geen vriendin van jou?'

Beth schudde haar hoofd en gaf het op. Maar Jamie zat nog steeds naar haar te kijken. 'Ga verder,' zei hij, 'maak alsjeblieft je verhaal af.'

Ze zuchtte. 'Ik weet het niet. Het is moeilijk uit te leggen. Sinds ik dit ben gaan doen, kijk ik anders tegen dingen aan. Als ik nu een gedeukt blikje aan de kant van de weg zie liggen, zie ik niet iemands rommel, maar dan ik zie ik een mogelijk...' ze hield op.

'Beeld?' vroeg Jamie.

'Ja, zoiets. Een kunstwerk.' Beth glimlachte naar hem, een brede lach die haar hele gezicht oplichtte. 'Als je maar lang genoeg naar de gewoonste dingen kijkt, kunnen die ineens mooi lijken.'

'Hè?' zei Kit. Hij leek niet onder de indruk. 'En zijn er mensen die hiervoor willen betalen? Verdien je hiermee je geld?'

'Zo'n beetje. Ik geef de helft van het jaar tekenles.'

'Echt?' Jamie leunde naar voren. 'Geef je les? Ik weet zeker dat je een hele goede lerares bent.'

Beth keek hem aan. 'Hoezo?'

Ik hield hem in de gaten en bedacht hoe raar dit was. Hij liet zijn gebruikelijke tactieken los op deze vrouw van middelbare leeftijd, die het volledig koud liet.

'Ik bedoel, je kunt zo mooi schilderen en ik denk dat je het daarom ook heel goed kunt uitleggen.'

Ze haalde haar schouders op. 'Dat zijn twee verschillende talenten. Ik ben niet zo goed in lesgeven als in het schilderen zelf. Ik heb liever niet te veel met mensen te maken.'

Jamie, Kit en ik keken elkaar aan. Daar hadden we niks meer op te zeggen.

11

Na een tijdje zei Jamie: 'Mag ik douchen? Ik voel me heel vies na gisternacht.'

'Natuurlijk. Er liggen schone handdoeken in de badkamerkast.'

Kit en ik bleven zwijgend achter en keken hoe het beeld veranderde door de verf. Uiteindelijk hoorden we dat het vage gejammer van de douche ophield en Jamie riep: 'Hebben jullie mijn tas gisteravond uit de auto gehaald?'

'Ja, die staat in de studeerkamer,' zei Kit. Hij stond op en liep door de gang. Even later ging ik achter hem aan.

Jamie kwam uit de studeerkamer en droogde zijn haar met de handdoek. 'Is Beth nog steeds aan het schilderen?' vroeg hij.

Hij had een uitdrukking op zijn gezicht die ik goed kende, een soort oplettende gretigheid zoals hij had als hij met Kit over een meisje sprak dat hij leuk vond.

'Jamie, ze is in de dertig,' fluisterde ik vol afschuw.

Hij keek geïrriteerd. 'Waar heb je het over?'

'Ik heb het over dat jij met Beth zit te flirten, stomkop. Waarom zit je zo tegen haar aan te kletsen? En in de truck probeerde je je arm om haar heen te leggen.'

'Niet waar!'

Kit lachte. 'Wat dan nog? Ze is best lekker. Ze heeft dat oudere-vrouw-ding over zich.'

Ze waren ongelofelijk. In de wegrestaurants en de benzine-pompen was het nog tot daar aan toe. Die mensen zouden we nooit meer terugzien. Maar we waren nu te gast in haar huis. 'Ze heeft grijze haren,' zei ik naar adem happend.

Kit liet dat even op zich inwerken en zei tegen Jamie: 'Ja, ze is vast al uitgezakt en ze deed vreselijk moeilijk over dat bier.'

Jamie maakte een bal van de vochtige handdoek. 'Koest, Luce. Wat heb jij er trouwens mee te maken? Ik zit niet met haar te flirten. Ik mag haar gewoon wel, dat is alles.'

Ik draaide me om. 'Sinds wanneer flirt jij niet meteen met ie-mand die je mag?'

'Laat me toch met rust.'

Kit lachte, pakte me bij de schouder en duwde me door de gang. 'Ja, laat hem met rust. Je bent te jong om dit te begrijpen.'

Ze maakten me zo woest dat ik mijn mond niet meer open-deed. Maar dat viel ze niet eens op. Ze liepen naar de keuken en Jamie riep naar Beth: 'Hé, kun je even pauze nemen? Wil je koffie?'

'Wil je daarmee zeggen dat ik koffie voor je moet maken?' riep Beth terug.

Jamie lachte. 'Ja. Vind je het erg?'

En vreemd genoeg vond ze dat niet en ging ze het nog doen ook. Ze waste haar handen in de gootsteen en Jamie en Kit gin-gen allebei meteen in de hoogste versnelling. Ze zaten te grijn-zen en te kletsen, haar te complimenteren over haar beeld, het huis, de koffie. Het was niet normaal meer. Hoe konden ze dat nou doen, nu we zo in de problemen zaten? Hoe konden ze dat deel van zichzelf weer aanzetten, als een lichtknop, terwijl er een meisje dood was?

Beth leek zich hetzelfde af te vragen, want terwijl ze de koffie inschonk zei ze: 'Ze was niet veel ouder dan jullie. Maar er is iets vreemds aan de hand. Ze was kilometers buiten de stad. Niemand loopt daar langs de snelweg. Ik vraag me af waar ze vandaan kwam.'

'Ze had ook geen verwondingen of iets dergelijks,' zei Kit. 'Dat zou je toch verwachten, als je door een auto wordt aangereden?'

Jamie fronste naar hem en wilde iets gaan zeggen, maar Beth was hem voor. 'Ik weet het niet. Als ze is aangereden en een klap heeft gemaakt, zal ze voornamelijk inwendige bloedingen hebben gehad.'

We waren stil omdat we aan haar dachten. Waar kwam ze vandaan? Misschien was er vanochtend iemand wakker geworden die haar miste en zich zorgen maakte. Iemand die niet wist dat ze nooit meer terug zou komen.

'Ga zitten,' zei Jamie tegen Beth en hij trok een stoel bij de tafel vandaan.

Beth schudde haar hoofd. 'Ik ga weer aan het werk.'

'Ah, toe nou. Kom bij ons zitten.' Hij riep de bruine hond, Toronto, en begon haar over haar oren te aaien terwijl zij tegen zijn benen aan leunde.

Beth aarzelde, maar Kit schonk haar weer bij en zei: 'O, kom op, wat ga je doen? Nog een wieldop op dat ding schroeven?'

Was dat niet beledigend? Ik bedoel, hij had het over haar werk, haar kunstwerk. Maar om de een of andere reden schoot ze in de lach. En als ze lachte, leek ze nog knapper.

Beth keek van Kit naar Jamie en vroeg: 'Zijn jullie al lang vrienden?'

Jamie pakte haar arm, glimlachte naar haar en trok haar op de stoel zodat ze tussen ons in zat. Toen begonnen ze hun verhalen te vertellen. Hun 'je-gelooft-nooit-wat-wij-allemaal-gedaan-hebben'-verhalen. Ik kende ze allemaal al: de flauwe grappen, de keren dat ze bijna waren betrapt en alle keren dat ze precies de meest hilarische dingen op precies het juiste moment hadden gezegd. Het was me ineens te veel. Ze waren weer hun oude zelf, maar dan nog erger. Dit was een toneelstukje.

Ik voelde mezelf beetje bij beetje verdwijnen, oplossen in het vertrek. En daarom ging ik weg. Ik liep terug naar de slaapkamer en pakte mijn schetsblok. Toen ging ik in de gang bij de deur zitten en luisterde naar hun gesprek. Ik wist niet wat ik moest tekenen, maar ik zette snelle lijnen op het papier en even later besefte ik dat ik haar gezicht had getekend. Het meisje.

In de keuken zei Jamie: 'Digger, meneer DiGennaro, de directeur, is een echte klootzak. Hij zei afgelopen december het uitstapje naar Chicago van het zangkoor af omdat drie jongens uit het koor betrapt waren met drank...'

Kit haalde zijn neus op. 'Ja, ná schooltijd en in hun eigen auto. Sloeg echt helemaal nergens op.'

Beth keek verward. 'Wacht, zitten jullie in het koor?'

Ze schoten allebei in de lach. 'Natuurlijk niet,' zei Kit. 'Dat zijn allemaal losers. Maar we kunnen Digger niet uitstaan.'

'Ja,' zei Jamie naar voren leunend. 'Moet je horen, Digger had net een nieuwe auto, een Acura, mooie wagen, waar hij helemaal weg van was...'

Kit viel hem in de rede. 'En voor de school begon hadden ze een vergadering, dus we gingen heel vroeg op pad en hadden ongeveer vier pakken Oriokoekjes bij ons...'

Jamie begin te lachen. 'En toen hebben we op het parkeerterrein zijn hele auto besmeurd met die koekjes. Je weet wel, je trekt die koekjes van elkaar en die hebben we toen op zijn voorruit gesmeerd. Dat was zo lachen. De hele bovenkant van zijn auto was zwart.'

Ik hoorde Beths stem omhooggaan van verbazing. 'De auto van de directeur? En zijn jullie niet gepakt?'

'Dat stelde niks voor,' zei Kit.

Ik gluurde door de deur en bestudeerde hun vreemde spel, waarin ze elkaar zinnen toespeelden, elkaars zinnen afmaakte en Beth het gevoel gaven dat zij de enige persoon op aarde was. Ze lachte, maar ik wist niet of het om de verhalen was of dat ze Jamie en Kit uitlachte.

Jamie grijnsde naar Kit. 'Weet je nog van de toiletten in de docentenkamer?'

Kit wipte op zijn stoel en floot. 'O, mijn god, dat was zo geweldig. Briljant gewoon.'

'Wat?' vroeg Beth, nog steeds lachend. 'Wat hebben jullie gedaan?'

Jamie ging dichter bij haar zitten. 'Dat is echt een goed verhaal. We zijn voor schooltijd de docentenkamer binnengeslopen en hebben vershoudfolie over de wc-potten gedaan, tussen de pot en de bril. We hadden het zo strak getrokken dat je het niet zag.'

'Nee,' riep Beth uit en ze hield haar hand voor haar mond.

Jamie lag in een deuk. 'Er was helemaal niks van te zien. Weet je nog, Kit? Mevrouw Bottner was zo pissig.'

'Ja, want ze zat onder de pis,' zei Kit.

Ik kon niet geloven dat ze haar dit vertelden of dat zij het grappig zou vinden.

Ik dacht altijd dat flirten iets was wat je mensen in films zag doen, dingen die ze zeggen met een opgetrokken wenkbrauw en lange sexy blikken. Maar bij Kit en Jamie was het anders, ze schonken iemand een bepaald soort aandacht en maakten zo van een gewoon gesprek een intieme verbondenheid.

Toronto ging staan met opgestoken oren. Ik stond ook op en keek uit het keukenraam. 'Hé,' zei ik.

Ze hielden allemaal op met praten en draaiden zich naar mij toe. Ik wees. Er reed een politieauto in de richting van het huis, de motorkap schitterde in het zonlicht.

12

De plotselinge stilte in de keuken was vreemd na hun luidruch-
tige gesprek. Jamies gezicht verloor elke uitdrukking. Hij staarde naar de grond.

Beth stond op. 'Ik vraag me af wat ze willen.'

De honden begonnen te blaffen en denderden langs ons heen
naar de voordeur. Beth floot ze terug en greep ze bij hun riem.
Ze vloekte tegen ze en nam ze mee naar de kamer waar ik had
geslapen.

Sheriff Durrell stond op de veranda. Door zijn metallic zonnebril kon je zijn ogen niet zien. Het enige wat ik zag toen ik naar
hem keek was mijn eigen vervormde spiegelbeeld: een breed,
golvend hoofd op een kleiner wordend lichaam.

'Hallo mensen,' zei hij. 'Kan ik jullie even spreken?'

Jamie knikte, hij was ineens rustig geworden en we liepen met
knipperende ogen en op blote voeten de tuin in. De zon stond hoog
en het rode zand staarde terug, koperachtig en meedogenloos.

'We hebben monsters van de auto genomen,' zei de sheriff.
'Ik verwacht de resultaten over een paar uur. De regen heeft de
auto grondig afgespoeld, maar we hebben nog wel iets op de
bumper gevonden.'

Wat was het? Wat hadden ze gevonden? Ik voelde de lucht veranderen, er hing nu een spanning die er eerst niet was.

Hij keek Jamie aan. 'Ik wil dat je me nog een keer vertelt wat je hebt gezien. Waar de botsing is geweest.'

Hij nam Jamie apart. Het enige wat ik hoorde was een gedempt gesprek, niet de precieze woorden. Beth stond naast me met de pen in haar haar te spelen.

Toen ze terugkwamen, had Jamie een bezorgd gezicht.

'Je gaat dus nergens naartoe. Begrepen?' zei de sheriff. Hij wendde zich tot Beth. 'Ze moeten zorgen dat ze een ander onderkomen krijgen.'

Beth keek naar Jamie. 'Het is al goed,' zei ze uiteindelijk. 'Ze kunnen hier nog wel een nachtje of twee blijven. Het maakt niet uit.'

'Bedankt,' zei Jamie zacht.

De sheriff fronste. Ik vroeg me af wat hij dacht. Dat we zouden vluchten? Niemand kende ons in deze omgeving.

'Goed dan,' zei hij. 'Ik neem vanmiddag nog wel contact op.'

Toen de sheriff wegreed, hield Kit zijn hand boven zijn ogen en keek hem na. Ik dacht aan de bierblikjes die ergens in de woestijn verspreid lagen. Ik vroeg me af of ze vanaf de weg te zien zouden zijn.

'Man, wat is het warm,' zei Kit. 'Jamie, wil je er soms even uit? Ergens lunchen?'

Jamie knikte. 'Goed, maar we hebben geen auto.'

Beth keek hem aan en haalde toen haar schouders op. 'Je mag mijn truck wel lenen.'

Jamie grijnsde. 'Echt? Bedankt. Is er ergens een restaurant in de buurt?'

'Ja, ongeveer zestien kilometer ten westen aan de linkerkant.'

Ik liep de veranda weer op en veegde mijn schoenzolen af. 'Ik ga even mijn sandalen pakken.'

Kit keek naar Jamie en trok een gezicht. Hij dacht dat ik het niet had gezien, maar dat had ik natuurlijk wel. 'Eh... waarom blijf jij niet lekker hier?' zei hij tegen mij. 'Dan nemen we wel iets voor je mee.'

Mijn wangen gloeiden. Ik voelde me stom. 'Oké,' zei ik snel. 'Neem maar een broodje kalkoen mee.'

Jamie leek het niet te merken. 'Beth? Wil jij ook iets?'

Ze schudde haar hoofd en gooide de autosleutels naar Jamie. 'Rij voorzichtig.'

Binnen ging Beth weer aan het werk en keek ik met mijn kin rustend op de rug van de bank hoe zij vertrokken. Ik zag ze lachen met zijn tweeën in de cabine van de truck.

'Wil je iets fris drinken?' vroeg Beth.

Ze probeerde aardig te zijn. Maar ik schaamde me dat ze had gezien hoe zij mij behandelden. 'Nee, dank je,' zei ik.

Ik pakte mijn schetsboek uit de hal en zette het tegen mijn knie en keek naar de tekening van het meisje. Ik had haar haren, nek en de vorm van haar gezicht geschetst. Ik begon aan haar ogen.

'Hou je van tekenen?' vroeg Beth na een tijdje.

Ik knikte.

'Wat teken je het liefst?'

Ik haalde mijn schouders op. 'Dieren, mensen. Soms landschappen.'

'Waar hou je het meeste van?'

Ik dacht even na. 'Gezichten, denk ik.'

'Echt?' Beth legde haar kwast neer en veegde haar handen af aan een theedoek. 'Laat me eens zien wat je hebt gemaakt.'

Ze kwam naar de bank en ik klapte het papier snel om. Ik wilde niet dat ze het meisje zag. Ik vond een tekening van mijn moeder die aan het lezen was. 'Hier,' zei ik en ik draaide het blok naar haar toe.

Ze nam het van me aan. Ineens werd ik nerveus. Iedereen zei altijd dat ik goed kon tekenen; mijn ouders, mijn tekenleraren, iedereen. Het maakte dus niet uit wat Beth ervan vond. Toch was dat niet helemaal waar. Ik wachtte af.

'Het is goed,' zei ze. 'Technisch is het heel goed. De schaduwen, de verhoudingen.'

Ik ontspande. 'Bedankt.'

'Wie is dit?'

'Mijn moeder.'

'Hm.' Ze hield haar hoofd schuin en bleef naar de schets kijken.

'Wat is er?' Ik voelde me weer gespannen.

'Niks. Het is goed, maar ik kan er niet aan zien dat het je moeder is.'

'Dat is toch logisch,' zei ik en ik ging weer op mijn knieën zitten. 'Je hebt haar nooit ontmoet.'

Beth pakte haar kwast en ging weer bij het beeld zitten. 'Nee. Maar dat is de volgende stap. Tekenen wat je voelt en niet alleen wat je ziet.'

Ik zei niets. Ik begreep niet wat ze bedoelde, maar het klonk alsof ze toch vond dat ik niet goed kon tekenen.

Beth begon weer te schilderen. 'Als je tekent wat je voelt,' zei ze, 'kan iedereen die de tekening ziet, zien dat het je moeder is. Snap je?'

Ik staarde naar het papier. 'Ik denk van wel.'

Ik sloeg het blok weer open bij de tekening van het meisje en begon haar lippen te tekenen die ietsje openstonden en glinsterden door de regen. Het was weer stil in de kamer. De late middagzon verwarmde mijn schouders.

Jamie en Kit deden er wel heel lang over. 'Hoe ver is het restaurant?' vroeg ik.

Beth kneep haar lippen op elkaar en wierp een blik uit het raam. 'Ze zijn wel lang weg, hè?'

Ik vroeg me af of ze zich zorgen maakte over haar truck. Ze stopte de kwast in de verf en veegde hem behendig af langs de rand van het blik. 'Je broer en Kit lijken heel verschillend. Hoe lang zijn ze al vrienden?'

'Heel lang. Sinds groep vijf.'

Te lang, wilde ik zeggen. Ik zag voor me hoe zij met zijn tweeen zaten te lunchen. Ik wist precies wat ze aan het doen waren. Ik had uren in de auto geluisterd hoe ze over meisjes spraken en ervaren hoe ze mij vervolgens alleen lieten zitten in de wegrestaurants. Ik werd er weer kwaad om. Ik dacht aan Kit die grapjes over me maakte en mij thuis wilde laten toen zij gingen lunchen. Toen herinnerde ik me de blik op Jamies gezicht, die intens gretige uitdrukking als hij aandacht van Beth kreeg of haar aan het lachen maakte.

Ineens wist ik precies wat ik wél wilde zeggen.

'Ja, ze zijn al heel lang vrienden, maar ze zijn sinds vorig jaar, je weet wel, een stelletje.'

13

Beth hield op met schilderen. 'Wat zei je?'

Ik kon haar niet aankijken. Ik hield mijn ogen gericht op het schetsboek. 'Je weet wel,' zei ik, 'ze zijn met elkaar.'

Ik voelde dat ze naar me staarde. 'Zijn ze met elkaar? Bedoel je dat ze homoseksueel zijn?'

Ik wierp snel een blik op haar. Ze stond met een hoogst verbaasd gezicht voor haar beeldhouwwerk en liet haar verfkwast bungelen. 'Wauw, zo is dat helemaal niet op mij overgekomen.'

Ik liet mijn vinger over het raamkozijn glijden en liet een streep in het stof achter. 'Tja, ze houden het ook liever voor zich.'

'Wilden ze daarom met z'n tweeën gaan lunchen?' vroeg ze.

Daar had ik nog niet eens aan gedacht, maar nu knikte ik bevestigend. 'Ik denk dat ze even alleen wilden zijn.' Het kostte me moeite om niet in lachen uit te barsten.

'Jemig,' zei Beth. Ze wierp haar kwast in het verfblik dat aan haar voeten stond. 'Ik ben gewoon... Ik ben heel erg verbaasd. Ik ben meestal heel goed in het oppikken van signalen. Jamie – allebei eigenlijk – nou ja, dat doet er niet toe.' Ze ging verder met schilderen, maar stopte toen weer. 'Dat moet wel moeilijk zijn, als je nog op school zit. En dan ook nog in Kansas.'

Ik voelde dat ik geen greep meer had op het verhaal. Ik ben nooit goed geweest in liegen. Op de een of andere manier voelde ik me heel erg schuldig, ook al waren het klootzakken, ook al was dit de perfecte manier om een stokje te steken voor wat er tussen Beth en Jamie zou kunnen gebeuren.

'Ze zijn nog niet echt uit de kast gekomen,' zei ik. 'Dus ze willen vast niet dat jij het weet.'

'O. Oké.'

Op dat moment ging de telefoon. Beth gebaarde met haar kwast en daarom nam ik op. 'Hallo?'

'Beth?'

'Nee. Wilt u haar spreken?'

'O. Spreek ik met juffrouw Martinez?'

Nu herkende ik de stem. 'Ja,' zei ik vermoeid.

'Je spreekt met sheriff Durrell. Ik heb goed nieuws voor jou en je broer. Ik heb hier het voorlopige rapport van de patholoog. We hebben een tijdstip van overlijden van het slachtoffer.'

Ik keek naar mijn schets, naar haar stille, starende gezicht. Waarom was dat goed nieuws? 'O,' zei ik.

'Het was twee uur 's middags.'

Ik begreep het niet. 'Maar het was avond,' zei ik. 'Het was donker toen we haar aanreden.'

'We denken niet dat jullie haar hebben aangereden. We denken dat het meisje vijf, zes uur eerder is overleden.'

Ik leunde langzaam naar voren en hield de telefoon zo stevig vast dat ik bang was mijn hand te breken. 'Wat zei u?'

Beth legde haar kwast neer. 'Wat is er, Lucy? Vertel.'

De sheriff bleef doorpraten. 'Die monsters die we van de auto, van de nummerplaat, hebben gehaald, blijken van de vacht van een of ander dier te zijn.'

'Bedoelt u... dat Jamie gelijk had? Was het een coyote?' Ik kon het niet geloven. Ik voelde me tegelijkertijd bruisend en verdoofd, alsof er iets zwaars van me afviel en er tegelijkertijd weer gevoel in mijn armen en benen kwam.

'Lucy, wie heb je aan de telefoon?' Beth kwam naast me staan. Ik greep me vast aan de telefoon en deed mijn uiterste best om zijn antwoord te horen.

'Dat is wat we denken. Je broer zei dat jullie niet precies de plek wisten terug te vinden waar jullie iets hebben aangereden. Misschien zijn jullie te ver doorgereden of niet ver genoeg en hebben jullie haar in plaats van het dier gevonden.'

Ik kon ineens weer ademhalen, met grote teugen. Maar ik vond het nog steeds moeilijk te volgen. 'Maar ze lag langs de weg. Als ze er de hele middag al had gelegen, in daglicht, waarom heeft niemand anders haar dan gezien?'

'Ze is rond twee uur overleden. We weten niet hoe laat ze daar is achtergelaten.'

Toen hij zei 'achtergelaten' besefte ik wat dat betekende. Iemand had dit met haar gedaan. Iemand had haar daar, dood, langs de snelweg achtergelaten.

'We komen de auto straks terugbrengen,' zei hij. 'Oké, juffrouw Martinez? Mag ik Beth nog even spreken?'

'Wat een opluchting,' hoorde ik haar zeggen. 'Jamie vooral... Ja, ze zullen vreselijk opgelucht zijn. Maar hoe is ze overleden? Ja, dat begrijp ik. Het is verschrikkelijk.' Ik spreidde mijn vingers, keek naar haar en zij luisterde zonder iets te zeggen en keek terug naar mij. 'Ze hebben met hun ouders gesproken. Natuurlijk. Dat denk ik. Ja, dat denk ik ook. Heel aardig van je. Bedankt, Stan. Oké. Dag.'

Ze stak haar arm uit en raakte me aan. 'Lucy, hij wil dat van het bier door de vingers zien.'

Ik drukte mijn voorhoofd tegen mijn knieën en deed mijn ogen dicht. Was het echt voorbij? 'Kunnen we dan nu gaan? Hebben we toestemming om verder te gaan?'

Maar ik was er zelf niet zeker van op het moment dat ik het zei. Ik zag het gezicht van dat meisje steeds voor me, en voelde het koele bundeltje van haar armband in mijn hand. Het leek verkeerd om haar weer achter te laten. Het leek nu net zo verkeerd als het gisteravond, in de regen langs de weg, had geleken.

Beth schudde haar hoofd. 'Nog niet. Hij wil dat jullie minstens tot morgen blijven.'

De honden begonnen te blaffen in de tuin en toen hoorden we het geluid van de truck die in de richting van het huis reed. Jamie en Kit waren terug.

We stonden allebei op en op het moment dat ze door de deur kwamen, kon ik niet meer wachten en was ik vergeten wat voor klootzakken het waren geweest en hoe boos ik was en ik pakte de eerste die binnenkwam en sloeg mijn armen om hem heen. Het was Kit en zijn schouder voelde warm aan tegen mijn gezicht. Toen viel hij achterover en greep zich aan mijn armen vast. Hij leek in de war. 'Hé, wat is er aan de hand?'

Maar ik was Jamie al aan het omhelzen. 'De politie heeft gebeld. Het was niet onze schuld.'

'Wat zeg je?' Ze staarden me allebei aan.

'We hebben haar niet aangereden. Ze was al dood, al uren voordat we op die plek waren. Ze denken dat het een coyote was! Ze denken dat we een coyote hebben aangereden.' Ik struikelde bijna over mijn woorden. Kit en Jamie waren met stomheid geslagen.

Maar toen begon Beth het uit te leggen en Kit gooide zijn hoofd naar achteren en floot lang en laag. 'Niet waar. Niet waar. Het was écht een coyote!' Hij gaf een stomp op Jamies schouder. 'Jamie, het was een coyote, net als jij al zei! O, mijn god.' Kit pakte Jamie vast en tilde hem van de grond.

Beth deed een stap opzij en glimlachte. 'En Stan, de sheriff, wil het bier door de vingers zien,' zei ze. 'Hij zei dat dit een goede les is voor de rest van je leven.'

'Ja!' Kit liep juichend en luidruchtig met rode wangen rond en hij zwaaide met zijn armen in de lucht. 'Ja, ja, ongelofelijk. Ongelofelijk.'

Maar Jamie staarde alleen maar naar de grond. Zijn gezicht was asgrauw en hij stond te trillen. 'Ik kan het niet geloven,' zei hij. 'Ik kan maar niet geloven dat het voorbij is.'

Beth raakte zijn schouder aan. 'Geloof het maar,' zei ze. 'Het is voorbij.'

14

De rest van de dag leek in een roes voorbij te gaan. Ik had geen trek meer in het broodje dat ze voor me hadden gekocht en ook 's avonds heb ik niks gegeten van wat Beth ons voorzette. Het was gek om weer iets normaals te kunnen doen. De politie had onze auto rond de schemering teruggebracht. We waren dolblij om hem weer te zien, onze stoffige oude sedan. Het leek wel een reünie. Jamie en Kit deden de ramen open, verontschuldigend tegenover de politieagenten. Het stonk nog steeds naar bier.

Die avond spraken we onafgebroken over het ongeluk, geen detail bleef onbenoemd; wat we net ervoor in de auto hadden gedaan, wat we zeiden, wat we zagen. Het was alsof we de lange stilte wilden goedmaken die sinds de gebeurtenis was gevallen. Uiteindelijk konden we de scène op de snelweg reconstrueren – hoe het ineens begon te regenen, hoe we de hobbel van de botsing voelden en hoe we doorreden – want dit keer reden we haar niet aan. Dit keer was het niet onze schuld.

'Je hebt op de rem getrapt, weet je nog?' zei Kit.

'Nee,' Jamie schudde zijn hoofd, 'daar was geen tijd meer voor. Ik remde pas achteraf.'

'Ja, en toen gleden we weg,' wist ik weer.

Nu dacht Kit dat hij zich een grijze streep voor de auto kon herinneren. Ik vroeg me af of ik die ook had gezien.

Jamie belde onze moeder en we moesten allebei aan de telefoon komen, de draadloze en die uit de keuken, om haar te horen gillen: 'O, godzijdank! O Jamie, Lucy, ik kan je niet vertellen hoe bezorgd ik was.'

Toen vroeg ze naar onze vader – ze had hem gebeld, kwam hij nog naar ons toe? – en we konden zeggen dat dat nu niet meer nodig was. Niet dat hij niet zóú komen, maar dat hij niet meer hóéfde te komen. We zouden over een dag of zo naar Phoenix rijden. 'Maar dan is de vakantie al half voorbij,' protesteerde mam.

'Dat geeft niet,' zei Jamie, 'dat komt wel goed.'

Daarna belden we onze vader. Het was laat genoeg om hem thuis te bellen en hij nam meteen op. Zo gauw hij mijn stem hoorde, zei hij: 'Lucy! Waarom heb je geen nummer ingesproken? Ik heb je de hele middag geprobeerd op je mobiel te bellen, maar dat lukte niet. Wat is er in godsnaam aan de hand?'

En toen moest ik het weer allemaal uitleggen, maar deze keer was het een stuk makkelijker. En ik hoorde dat mijn vader alleen maar geïnteresseerd was in de afloop, want hij onderbrak me steeds met vragen als: 'Dus jullie mankeren niks? Geen schade aan de auto? Wanneer komen jullie hiernaartoe?'

'Ik denk dat we morgen of overmorgen kunnen vertrekken,' zei ik hem. 'De politie moet het onderzoeksrapport nog doornemen, of zoiets.'

'Geef mij het nummer van het politiebureau. Ik wil zelf met ze spreken.'

Dus Beth zocht het voor hem op en ik bleef hem geruststellen tot hij uiteindelijk zei: 'Nou, ik hoop dat jullie morgen weg kun-

nen, want ik heb woensdag en donderdag de hele dag bespre-
kingen en nu is het weekend al naar de haaien. Oké, meisje, geef
je broer eens aan de lijn.'

Toen ik naar Jamie luisterde, begreep ik dat hij de voorspelbare
preek kreeg over rijden in de regen, of te hard rijden of remmen
als iets de weg op schiet. Voor mijn vader maakte het niet uit of
je wel of niet schuldig was. Er was altijd wel iets wat je anders
had moeten doen. Jamie bleef maar zeggen: 'Ja, pap. Dat weet
ik. Ik zal het onthouden.'

Toen ging Kit eindelijk zijn ouders bellen. Hij ijsbeerde door de
huiskamer en diste met te harde stem alle details op. Ik voelde het
gebeuren terwijl hij sprak: deze vreselijke gebeurtenis, het dode
meisje langs de weg, werd weer een van de dingen waaraan hij
op het nippertje was ontsnapt. Door het oog van de naald, een
ramp die uiteindelijk niet plaatsvond. Hij vertelde het verhaal als
het bewijs van iets. Maar van wat? Ik dacht aan het meisje. Voor
ons was alles veranderd. Voor haar was er niets veranderd.

'Dus maak je geen zorgen,' zei Kit. 'Alles is weer in orde.'

'Kit,' zei ik zachtjes, 'ze is nog steeds dood.'

Die avond kroop ik onder de dekens en keek naar het raam. Het
was alsof ik door de patrijspoort van een ruimteschip direct het
universum in keek. Ik kon niet slapen. Ik had mijn deur op een
kier gelaten en hoopte dat een van de honden zou komen. Maar
het was stil in huis.

Toen hoorde ik iets. Het was iets vreemds. Uit de gang klonk
het gedempte geluid van iemand die leek te stikken. Maar nog
veel vreemder was dat ik het herkende. Een verborgen deel in
mijn hersens herkende wat het was. Ik ging overeind zitten en
luisterde. Langzaam en zo stil als ik kon, duwde ik de dekens

van me af en liet mijn voeten op de grond glijden. Ik sloop naar de deur en keek door de kier.

Jamie zat in de gang. Hij zat in een bundel maanlicht tegen de muur aan gekropen met opgetrokken knieën en zijn hoofd omlaag. Hij huilde.

Ik wilde net de deur verder opendoen en naar hem toegaan zoals hij dat lang geleden voor mij had gedaan toen onze vader net was vertrokken en ik 's avonds vaak moest huilen.

Toen zag ik Beth.

Ze glipte door haar slaapkamerdeur de hal in. Ze droeg een dunne witte nachtjapon met bloemen erop. De japon zwierde om haar lichaam zoals het gras in de weide zwiert toen ze naast hem knielde. Ze legde haar arm om zijn schouders.

Ik hoorde haar stem, zacht en laag. Ze zei: 'Jamie, wat is er? Wat is er aan de hand?' En toen: 'Stil maar. Ik weet dat het allemaal doodeng voor je was. Dat zou het voor iedereen zijn geweest. Maar nu is het voorbij.'

Ze bleef maar tegen hem praten. Haar haar viel voorover, voor haar gezicht en ik kon de rest niet meer verstaan. Toen zag ik dat Jamie zijn gezicht oprichtte. Zijn wangen waren nat. En ik voelde een knoop in mijn maag omdat ik wist wat er nu zou gebeuren. Ik wist het voordat zij het zelf wisten.

Hij deed zijn hand omhoog en raakte haar haren aan.

Beth trok zich terug en in het maanlicht zag ik haar verschrikte blik. 'Nee,' zei ze.

Hij pakte haar hand en draaide die langzaam om zodat het licht op haar handpalm scheen. Toen bracht hij haar hand naar zijn mond en begon die te kussen.

'Jamie,' zei ze weer, 'ik snap het niet. Ik dacht dat jij en Kit – ik dacht dat jullie...'

Maar het was al te laat. Hij trok haar dichterbij en klampte zich aan haar vast alsof ze allebei zouden vallen. Toen kuste hij haar, raakte haar gezicht aan en bleef haar kussen.

Ik liep weg van de deur, duwde hem zonder geluid te maken dicht en ging weer in bed liggen.

Het was nog niet voorbij.

15

Toen ik 's ochtends wakker werd, dacht ik dat ik het had gedroomd. Het was te vreemd wat daar in de gang was gebeurd. Het voelde als een droom, een rare droom na die rare dag. De nacht had lang geduurd en ik was rusteloos. Ik had weer van het meisje gedroomd, maar deze keer stond ze op en droeg ze een witte nachtjapon die wapperde als het zeil van een schip.

Ik streek de lakens glad en keek knipperend naar de felroze hemel die het hele raam vulde. Beth was zoveel ouder dan wij. Jamie was nog maar een kind. Ik had Jamie weleens meisjes zien zoenen, tegen de kluisjes op school of leunend tegen iemands auto. Maar ik had hem nog nooit iemand zo zien kussen. Dat kon niet echt gebeurd zijn.

Ik trok mijn spijkerbroek aan en liep op mijn tenen door de stille gang. Het was laat, maar niemand was op. Beths deur was dicht. De deur van de studeerkamer stond op een kier. Ik liep ernaartoe in de veronderstelling dat ze daar zouden zijn, Jamie en Kit, dat ze lagen te slapen zoals Kit de vorige dag. Maar ik denk dat ik het al wist voor ik de deur opendeed: Kit lag er weer alleen.

Ik stond naar hem te kijken, hij lag op zijn rug en haalde diep en rustig adem. Ik wenste, heel even maar wel heel sterk, dat híj in de slaapkamer van Beth was en dat Jamie hier veilig op de grond lag.

Ineens kon ik niet meer in dit huis zijn. Het was te veel, de aanrijding, het dode meisje en nu Jamie die sliep met een twintig jaar oudere vrouw. Het was alsof we Kansas hadden verlaten en in een of andere omgekeerde wereld zonder regels terecht waren gekomen.

Ik rende de gang door, mijn voeten slepend over de koude vloer. De honden hoorden me en kwamen uit de huiskamer gestoven. Toen ik de voordeur optrok, stonden ze achter me te dringen en ze duwden hun snuiten tegen mijn benen. We liepen het woestijnlicht in.

Ik had niet gehoord dat Kit achter me stond. Toen hij iets zei sprong ik een meter in de lucht. Hoe lang zat ik al op de trappen van de veranda? Ik schoof opzij om hem te laten passeren en probeerde te doen alsof alles in orde was.

'Hé, wat doe jij hier buiten?' vroeg hij. 'Waar is iedereen?' Hij ging naast me zitten en wreef over zijn gezicht. Zijn koperkleurig krullen stonden rechtovereind.

'Ik zit hier gewoon,' zei ik. Die andere vraag wilde ik niet beantwoorden. Ik zou niet weten wat ik moest zeggen. Dat ze ergens heen waren gegaan, Jamie en Beth? Haar truck stond nog steeds op de oprit.

'Waar is Jamie?' vroeg hij. Hij keek rond in de tuin. 'Waar is Beth?'

Ik aarzelde. 'Ik denk dat ze nog slapen.' Ik keek hem aan. Hij zat zo dicht bij me dat ik de groene en goudkleurige vlekjes in zijn ogen kon zien. Ze waren mooi, maar op een ingewikkelde, verrassende manier, als kwartskristallen in een steen.

Kit fronste en keek weer naar het huis. Toen richtte hij zich weer naar mij.

'Niet waar!' zei hij.

Ik trok mijn knieën op tot mijn kin en gooide mijn haar naar voren om mijn gezicht te verbergen.

'Niet waar!' zei hij weer. Deze keer pakte hij me bij mijn arm om te zorgen dat ik hem aankeek. 'Is hij bij haar?'

Ik had niks gezegd. Dat hoefde ook niet. Kit floot. Het was een laag, verbaasd geluid dat door de lucht sneed. 'Ongelofelijk. Echt niet te geloven. Ik bedoel, we zitten hier van god en alles verlaten en denken dat we dat meisje misschien wel vermóórd hebben en Jamie...' Hij schudde zijn hoofd. 'Jamie wordt ont-maagd.'

'Hou op,' zei ik.

'Nee, ik meen het.' Hij trok zijn mond langzaam in een grijns. 'Hij heeft ook altijd geluk, wist je dat?'

'Zo is het helemaal niet,' zei ik. Maar hoe kon ik dat weten? Misschien was het wel zo.

'Ach, kom op. Hij viel als een blok voor haar. Dat heb je toch wel gezien?' Kit streek zijn haar naar achteren. 'Maar het ver-baast me dat zij voor hem viel. Ik dacht dat ze een punt van het leeftijdsverschil zou maken. Wat denk je dat er is gebeurd? Hij ging tegelijk met mij naar bed.'

Ik staarde naar mijn voeten en krulde mijn teen over de rand van het trappetje. Het hout was splinterig.

Kit legde zijn hand op mijn schouder. 'Hé. Jij weet er meer van.'

'Niet waar,' zei ik. Ik kon hem niet aankijken.

'Wel waar. Jij hebt iets gezien. Wat was het?'

Ik liet mijn kin zakken en schudde mijn hoofd. 'Niets. Ik heb niets gezien.'

Maar Kit leunde naar mij toe en duwde het haar uit mijn gezicht. 'Kom op, Luce. Vertel op.'

En toen wilde ik hem alles vertellen. Het was te veel om voor me te houden. Ik keek naar hem op.

'Jamie zat in de gang,' zei ik. 'Gisternacht. Hij was... overstuur. Overstuur over het meisje, snap je, en opgelucht, maar...' Ik wilde niet zeggen dat hij huilde. Dat zou Kit niet begrijpen. 'Beth kwam uit haar kamer. Ik hoorde iets en daarom stond ik op en wilde net mijn deur opendoen... en toen zag ik ze.'

'Echt?' zei Kit. 'Wat deed ze?'

Wat had ze gedaan? Hoe was het begonnen? 'Ze omhelsde hem zo'n beetje...'

'Echt waar?' Kit klonk verbaasd. 'Heeft zij de eerste stap gezet?'

Nee, zo was het niet gegaan. Ik schudde mijn hoofd. 'Ze probeerde hem te troosten. En toen begon hij haar te kussen.'

Kit blies lang uit. 'Wauw. Echt? Wat gebeurde er toen?'

'Ik weet het niet. Toen ging ik terug naar bed.'

'Dat meen je niet! Heb je het beste stuk gemist?'

Ik duwde hem weg. Ik wist dat ik het niet aan hem had moeten vertellen. 'Hij is mijn bróér! Er is geen beste stuk. Beth is twee keer zo oud als hij. Het is belachelijk.'

'Oké, oké. Rustig maar.' Hij schudde zijn hoofd. 'Het blijft wel vreemd, vind je niet? Niet van Jamie, maar van Beth. Ze lijkt te... Nou ja, ze zal wel gevoeld hebben dat hij haar leuk vindt en daarom ben ik verbaasd dat ze iets met hem...'

Ik kon er niet meer tegen. 'Luister, het is mijn fout. Ik heb haar gezegd dat jij en Jamie homo's zijn. Daarom heeft ze hem gewoon omhelsd. Zij wist niet dat ze daarmee iets in gang zou zetten.' Zo. Het was eruit. Ik staarde naar de trap.

'Wat?' zei Kit iets te hard.

'Sst,' zei ik, 'ze slapen nog. Je hebt me wel gehoord. Ik heb haar gezegd dat jij en Jamie een stel zijn.'

'Waarom heb je dat in godsnaam gedaan?' Hij had een kleur gekregen en zat dicht tegen me aan. 'Wat mankeert jou? Ben je gek geworden of zo? Denk je dat wij homo zijn?' Ineens leunde hij naar voren en kuste me. Zomaar ineens. Zijn mond was warm en hij drukte hem hard op die van mij.

Ik kon het niet geloven. Ik legde mijn hand op zijn borst en duwde hem weg toen hij ermee begon, maar niet snel genoeg. Daar zaten we dan, op enkele centimeters afstand van elkaar, te hijgen. Ik slikte en streek met de achterkant van mijn hand over mijn mond. 'Ik weet wel dat je geen homo bent. Al maakt het me verder geen bal uit. Je hoeft je niet... te bewijzen.' Want meer was het niet.

Hij draaide zich om, maar ik gleed al over de trappen om me van hem los te maken. Ik kon niet geloven dat hij me had gekust. Ik voelde zijn warme mond nog prikkelen op mijn lippen.

'Waarom heb je dat dan gezegd? Waarom zou je zoiets zeggen?' Hij keek me niet meer aan.

Ik riep de honden. Ze kwamen schuddend met hun koppen uit de struiken gehuppeld en zagen er slaperig en lief uit. Ik maakte plaats vrij tussen ons. Oscar klom de trappen op en leunde zwaar tegen mijn dij. 'Ik weet het niet. Het had niks te betekenen. Ik was boos omdat jullie zonder mij gingen lunchen. Ik had nooit gedacht dat...'

'Dat is nou net het probleem. Je denkt niet na.'

Ik fronste. Leuk om dat uit Kits mond te horen.

'Ik geef toe dat het stom van me was. Het spijt me.' Ik legde mijn arm om Oscars nek en duwde mijn gezicht in zijn vacht. 'Echt. Ik zou het niet gezegd hebben als ik had gedacht dat er zoiets zou gebeuren.'

We keken allebei achterom de gang in. Het was nog steeds stil in huis. Beths deur was dicht en de lucht leek zich samen te pakken, vol van alles wat er was veranderd.

'Je bent gek,' zei Kit.

Hij wilde me nog steeds niet aankijken. En ik geloofde maar niet dat hij me had gekust. Waarom had hij dat gedaan? Ik wist dat hij geen homo was. Ik had hem jarenlang met meisjes in de weer gezien, bijna zo lang als ik hem kende. Hij had altijd wel een vriendinnetje.

Ik had nog maar één keer eerder gezoend. Op een vrijdag, in de tweede klas van de middelbare school, tijdens het eindfeest. Scott Lampere, een leuke jongen: lang en dun, uit het basketbalteam, met mooie ogen. Ik zat met drie vakken bij hem in de klas en Ginny en ik vonden hem allebei leuk. Maar op een passieve manier, we maakten er geen werk van. Bovendien had hij een beugel en een of ander metalen mondstuk dat hij zes maanden moest dragen en daarom zei Ginny dat als je met hem zou zoenen, je net zo goed met het metalen lipje van een blikje kon zoenen.

Maar in de lente was zijn beugel eruit. Tijdens het eindfeest liepen hij en ik door de gang om iets te drinken te halen en toen pakte hij mijn arm en begon me te zoenen. Ik was zo verrast dat ik niet wist wat ik moest doen. Hij had heel natte lippen die over de mijne heen gleden. Ik probeerde mee te werken, maar de hele tijd dat hij mij kuste, moest ik denken aan iets wat ik op televisie had gezien. Het was een programma over ruimtevaart. Ze lieten zien dat als een shuttle niet in de juiste hoek door de atmosfeer naar de aarde terugkeert, hij weer terugkaatst naar de ruimte. Zo voelde ik me toen ik Scott zoende: het was zo glibberig en onzeker dat mijn mond elk ogenblik van de zijne kon afglijden en in de ruimte zou verdwijnen.

Toen Kit me kuste was het anders. Het voelde zacht en vertrouwd, alsof de hoek precies goed was.

16

'Zullen we ergens heen gaan?' zei Kit ineens terwijl hij opstond. 'Het heeft geen zin om hier rond te hangen. Laten we gaan ontbijten.'

Ik knikte. Ik wilde ook niet thuis zijn als Beth en Jamie eindelijk door de slaapkamerdeur zouden verschijnen. 'Maar waar heeft Jamie de autosleutels gelaten?'

'Ik weet het niet. We nemen haar truck. De sleutels hangen op het haakje in de keuken. Het mag vast wel. Gisteren mocht het ook. Ik bedoel, dit is wel het minste wat ze kan doen, gezien de omstandigheden.'

'Welke omstandigheden? Dat ze daar met Jamie is in plaats van met jou?' Ik was verbaasd van mijn eigen gemene woorden. 'Laat maar zitten,' zei ik snel, voordat Kit weer kwaad zou worden. 'Ze zal het niet erg vinden.'

We sloegen de hoek om naar de keuken en ik bleef stokstijf staan. Kit botste tegen me op en liep me bijna omver. Beth stond bij de gootsteen en stond voorzichtig een perzik te pellen. Ze trok met haar nagels de stukjes schil als bloemblaadjes eraf.

Ze keek op toen we binnenkwamen. Haar gezicht was uitdrukkingsloos, maar de rest van haar lichaam bruiste van gevoel.

'Hoi,' zei ze.

Ik kon haar nauwelijks aankijken. Had ze ons horen praten? De slaapkamerdeur was dicht. Jamie sliep vast nog. Ik voelde dat mijn gezicht warm werd. Maar waarom zou ik me schamen? Zij was degene die iets verkeerds had gedaan.

'Hoi,' zei Kit die een stap naar voren deed. 'Mogen we je truck lenen? Om te ontbijten?'

Nu keek ik op. Ze leek haar gezicht perfect onder controle te hebben – ik keek naar de kalme boogjes van haar wenkbrauwen – alsof de geringste uitdrukking al te veel zou onthullen. 'Natuurlijk,' zei ze, 'maar je hoeft er niet uit. Er is genoeg te eten.'

'We hebben gewoon zin om eruit te gaan.' Kit klonk nonchalant. Hij glimlachte naar haar.

Beth draaide zich om. Ze had de half gepelde perzik voorzichtig op de rand van het aanrecht gelegd en hij zag eruit als een exotische bloem. 'Oké,' zei ze terwijl ze haar handen aan de theedoek afveegde. Ze pakte de sleutels van het haakje aan de muur en gooide ze naar Kit.

'Bedankt.'

Ik had nog steeds niks gezegd. Ik kon het gewoon niet. Beth stond met haar gezicht naar het raam, pakte haar haar met beide handen samen en maakte een knotje. Er sloop een roze blos over haar wangen.

Pas toen we op de snelweg zaten, sprak Kit weer en zijn stem klonk sip. 'Ze hebben waarschijnlijk de hele nacht liggen wippen.'

'Hou op!' Ik stak mijn hand uit om hem een stomp te geven. 'Hou erover op. Het is te smerig.'

Maar we hadden eigenlijk niks anders om over te praten. Ik

streek mijn schetsboek glad op mijn schoot en keek met half dichtgeknepen ogen door het raam naar de uitgestrekte woestijn. De plukjes gras die hier en daar stonden leken er tijdelijk te staan, als een zinloos verzet tegen de droge grond. Ik wilde ze tekenen, maar Kit reed te hard en de snelweg was af en toe erg hobbelig.

'Het was gewoon een vergissing denk je niet?' zei ik na een poosje.

'Ik dacht dat je er niet over wilde praten.'

'Dat wil ik ook niet.' Ik zuchtte, draaide op mijn stoel en friemelde aan de gerafelde veiligheidsgordel. 'Maar het zal toch niet nog een keer gebeuren?'

Kit snoof. 'Daar zou ik niet op durven wedden.'

Ik huiverde. 'Hoe oud denk je dat ze is? Ze loopt al tegen de veertig. Is dat niet strafbaar?'

Kit vertrok zijn mond. 'Alles wat strafbaar is, is spannend.'

'Doe nou even serieus.' Ik probeerde te denken. Een paar jaar geleden was er iets op school gebeurd. Een schandaal. 'Was er een paar jaar geleden niet iets aan de hand op Westview, met een gymleraar? En een meisje uit de onderbouw? Is hij niet gearresteerd?' Ginny en ik zaten toen in groep acht, maar ik weet nog dat mijn moeder ervan overstuur was geraakt. Ik weet nog dat ze met Jamie in de keuken zat, opgewonden was en met lage stem sprak zodat ik haar niet kon horen.

'Tja, meneer Brimley. Maar dat was heel iets anders.'

'Hoezo? Hij was ouder en getrouwd.'

'Maar dat was iets tussen een leraar en een leerling. Dat meisje was vijftien, geloof ik. Haar ouders hebben hem aangeklaagd.'

'Hoe is dat heel wat anders dan?' hield ik vol. 'Beth is te oud voor Jamie.'

'Het is gewoon anders.' Kit haalde zijn schouders op. 'Jamie wilde het zelf.'

'Misschien wilde dat meisje het ook wel. Toch blijft het verkeerd.'

Kit schudde zijn hoofd. 'Het is anders. Met zo'n oude vent kan een meisje misschien niet...' Hij hield op en keek even opzij naar mij. 'Ik weet het niet. Met een oudere man, zoals meneer Brimley die leraar is, zie ik zo'n meisje eerder als slachtoffer. Dan denk ik dat het niet haar eigen keuze was.' Hij stopte. 'Niemand heeft Jamie gedwongen en daarbij is hij achttien.'

Ik liet me zakken op mijn stoel van vinyl. Dat was waar. Ik dacht aan Jamies gezicht in het maanlicht en de manier waarop hij Beths hand had gepakt.

'Het is te vreemd,' zei ik uiteindelijk. 'Het zou strafbaar moeten zijn.'

Kit grijnsde. 'Doe niet zo preuts.'

Het had geen zin om er met hem over te praten. Ik keek uit het raam en de zandstenen vluchtstrook leek één grote veeg.

'Hé, welke kant gaan we eigenlijk op?' vroeg ik ineens.

Hij begreep wat ik bedoelde. 'We zijn er al langsgekomen,' zei hij.

'Echt waar? Was de plek nog afgezet? Ik heb het niet gezien.'

'Ja, het was nog afgezet.'

'Het voelt alsof het langer geleden is dan twee dagen, vind je niet? Het lijkt erg lang geleden.'

Hij zei niets.

Ik klapte mijn schetsblok open en sloeg de bladzijden om tot ik bij de tekening van het meisje kwam. Ik had hem al bijna af, maar hij klopte nog niet helemaal. De ogen en de mond hadden geen uitdrukking en zolang dat ontbrak leek haar gezicht niet echt. Ik schopte mijn teenslippers uit, zette mijn voeten op het dashboard en legde het blok tegen mijn dijen. Ik begon weer te tekenen, kuilen en bergkammen, de ligging van de jukbeenderen en wenkbrauwen. Gezichten waren net landschappen.

'Je zit de hele tijd te tekenen,' zei Kit. 'Wat is dat?'

Ik aarzelde. 'Het meisje.'

Hij keek nu beter met snelle blikken en hield het stuur met een hand vast. 'Hé, dat is best goed,' zei hij. Dat was het eerste aardige wat hij ooit tegen me had gezegd.

'Bedankt.'

'De lippen kloppen niet.'

'Wat klopt er niet dan?' mompelde ik.

Hij haalde zijn schouders op. 'Iets. Haar mond was anders.'

Ik keek naar zijn mond toen hij dat zei en voelde een kriebel in mijn buik. Het was Kit maar. Maar ik bleef steeds denken aan zijn kus. Ik kon het voor een deel nog steeds niet geloven. Kit had me gekust. Míj gekust. Ik wierp nog een blik op hem, op de welving van zijn lippen. Ik kon er niet naar kijken zonder dat ik dacht aan hoe ze op de mijne hadden gevoeld.

Ik richtte me weer op mijn tekening, gumde de bovenlip van het meisje uit en zette een andere lijn om het te verzachten. Nu was hij goed. Ze leek er nu al meer op.

'Hoe ver is het rijden?' vroeg ik. 'We zijn al uren onderweg.' De woestijn veranderde langzaam in een heuvellandschap met donkere groepjes struiken toen we de bergen naderden.

'Ik weet het niet. Het restaurant waar Jamie en ik gisteren naartoe zijn gegaan was een stuk dichterbij. Maar dat was de andere kant op.'

'Waarom ben je deze kant op gegaan?' Ik draaide me ongeduldig naar hem toe. 'Ik kan me niet herinneren dat ik hier iets gezien heb waar we kunnen eten.'

'Klopt.' Hij keek schaapachtig. 'Ik weet het niet. Ik wilde er nog een keer in het daglicht langsrijden.'

'O.' Ik knikte en wilde dat ik had gekeken toen we erlangs waren gekomen. 'Wat denk je dat er met haar is gebeurd?'

Hij was stil en hield het stuur met een hand vast. 'Iemand heeft haar vermoord.'

Toen ik hem dat hardop hoorde zeggen, huiverde ik. Ik dacht aan hoe ik me voelde toen ik haar lichaam had gevonden; hoe ik me voelde toen ik dacht dat wij haar hadden aangereden. 'Maar hoe dan? Ik bedoel, er was toch geen bloed?' Ik kon me tenminste niet herinneren zoiets gezien te hebben. Ik staarde naar het gezicht op het papier, dat levenloze ovaal. 'Ik snap het niet. Ze leek zo kalm.'

'Ja, maar hoe oud zou ze zijn geweest? Een jaar of twintig? Mensen gaan niet dood als ze twintig zijn.'

'Nee, dat is waar.' Hij had gelijk. Haar leven moest door de schuld van iemand anders zo geëindigd zijn. Het was alsof we één helft van een doormidden gescheurde foto hadden gevonden. Wat stond er op de andere helft?

Kit haalde zijn vingers door zijn haar. Hij liet roodgoud gekleurde golven achter op zijn hoofd, die in zijn nek uitmondden in krullen. Ik pakte mijn potlood en bracht schaduwen aan bij haar keel.

Kit was nog niet klaar met praten. 'Zei je dat de politie niets had gevonden, geen portemonnee, identiteitsbewijs? Dat betekent dat iemand die heeft meegenomen.'

Ik kromp ineen toen ik aan de armband dacht. Maar er stond geen naam op, niet eens initialen. Ze zouden er niets mee opgeschoten zijn. Maar waarom had ik het toch gedaan? Het was gewoon stelen. Ik wist dat mijn moeder er zo over zou denken. En Jamie ook.

'Stel dat...' ik hield op. Er vormde zich een gedachte in mijn hoofd en die was te kwetsbaar om hem hardop te zeggen, helemaal tegen Kit. 'Luister, we rijden in de richting waar we die nacht vandaan kwamen. Zij lag aan de rechterkant van de weg. Degene... die haar heeft achtergelaten reed waarschijnlijk in dezelfde richting, snap je? Als we ergens stoppen, kunnen we vragen of iemand haar heeft gezien. We zouden kunnen proberen om...'

Kit schudde zijn hoofd. 'Geen sprake van. Dat gaan we niet doen.'

'Waarom niet? We moeten toch ergens stoppen om te ontbijten. Er zijn zo weinig restaurants hier in de buurt, dat zij misschien wel in een ervan is geweest. Om te tanken. Of te eten. We kunnen het toch gewoon vragen? Misschien heeft iemand haar gezien. Ik heb mijn schetsblok.' Ik praatte heel snel nu, om hem te overtuigen. 'Het is niet hetzelfde als een foto, maar je zei zelf dat hij goed was, dat hij op haar lijkt. We zouden kunnen uitzoeken wat er met haar is gebeurd.'

Kit schudde zijn hoofd. 'Dat is stom. Wat wil je doen? De hele staat afrijden om mensen jouw tekening te laten zien? Laat de politie het maar uitzoeken. Wij hebben er niets mee te maken.'

'Wel waar. Wij hebben haar gevonden.'

'En ze was al dood! Het is klaar. Morgenavond zijn we in Phoenix.'

'Nee! Ik ga niet naar Phoenix. Niet voor we weten wat er met haar is gebeurd.' Het klonk belachelijk toen ik het hardop zei, maar ik merkte dat ik het niet zei om ruzie met hem te zoeken.

Ik meende het. Ik voelde me op de een of andere manier met haar verbonden, alsof onze levens elkaar hadden gekruist en in elkaar waren gevlochten, ook al was ze een vreemde. Of misschien juist omdat ze een vreemde was. Want ze was opgedoken uit het niets en ze zou daarin misschien verdwijnen als we niet probeerden uit te zoeken wat er was gebeurd. 'Ik laat haar niet achter,' zei ik snel.

Kit keek me vol afschuw aan. 'Je bent gek. En zal ik je eens wat vertellen? Jij bent niet degene die dat bepaalt.'

Hij gaf het stuur ineens een zwenk en we reden een onverhard parkeerterrein op. Ik had niet opgelet, maar daar stonden een klein restaurant en minisupermarkt, een beige gebouw met een tankstation ervoor en een groot houten uithangbord waarop stond: Blue Mountain Café. Kit parkeerde de truck, trapte hard op de rem en de roestbruine stof stoof in wolken op.

17

Kit zette de motor uit.

'Kit,' zei ik, 'kunnen we niet...' Ik deed het schetsboek dicht en hield hem tegen mijn borst gedrukt.

'Wat?' Hij fronste ongeduldig, maar hij keek me voor het eerst sinds hij me had gekust recht aan. Ik stak mijn hand uit en raakte zijn arm aan. Hij trok zich terug en liet zijn blik zakken op mijn hand. Ik besefte ineens dat hij ook zenuwachtig was.

'Alsjeblieft,' zei ik.

'Wat kan jou het schelen? Waarom ben je zo geobsedeerd door het meisje?'

'Ik weet het niet.' Het enige wat ik wist was dat ik almaar aan haar moest denken. 'Voel jij dan niets? Ik bedoel, ze is langs de weg achtergelaten, dood, en wij hebben haar gevonden. Voel jij je niet... op een bepaalde manier verantwoordelijk voor haar?'

'Nee! Dat voel ik niet zo.' Hij trok zijn arm weg en stapte uit de truck. 'Doe jij maar wat jij wilt. Ik ga je niet helpen.' Hij gooide het portier zo hard dicht dat de truck schudde. Ik keek hoe hij over het parkeerterrein naar het restaurant beende en hoe er met elke stap stof opsteeg. Even later volgde ik hem.

Ik was half in de verwachting dat hij in zijn eentje wilde zitten, maar toen ik naar binnen liep zag ik dat hij me aan een tafeltje in de hoek zat aan te kijken en hij duwde met zijn voet een stoel voor me vrij.

'Bedankt,' mompelde ik, rondkijkend.

Het was een kleine ruimte met een tiental tafels die dicht op elkaar stonden en achterin een lange toonbank met krukken. De muren waren donkerroze en de muur achter Kit was behangen met oude kalenders en foto's van verre oorden, allemaal groen en tropisch. Een oudere vrouw stond aan het fornuis hamburgers te bakken. Er zaten twee mannen aan de toonbank maar verder was het leeg.

De serveerster kwam de klapdeuren door met twee glazen water in haar hand. Ze had blond krullend haar en zulke diepe kraaienpootjes dat haar huid er als golfkarton uitzag. Dikke strepen zilveren oogschaduw glinsterden boven haar ogen. Ze liet de glazen over tafel glijden en haalde een opschrijfboekje tevoorschijn. 'Hoi,' zei ze. 'Wat willen jullie eten?'

Ze glimlachte naar Kit en ik zag hoe hij zijn ergernis aan mij van zich afschudde en teruglachte met een snelle, warme grijns. 'Zeg jij het maar,' zei hij. 'Wat heb je voor ontbijt?'

'Ontbijt?' ze lachte. 'Niet veel. We serveren geen ontbijt meer sinds elf uur.'

'O,' zei ik, 'is het al zo laat?' Niemand luisterde naar mij.

Kit pakte de menukaart op. 'Heb je geen pannenkoeken?' Hij bleef maar naar haar lachen.

'Tja, ik denk dat we wel wat pannenkoeken voor je kunnen maken. Maar alleen omdat het toch niet druk is.' Ze wierp een blik op mij. 'En wat kan ik voor je vriendinnetje meenemen?'

'Ik ben niet zijn...'

'Zij is niet mijn...'

We zeiden het allebei zo snel en zo verschrikt dat ze weer moest lachen. 'Oké, oké, mijn vergissing. Wat kan ik jou brengen, schat?' Ze wendde zich tot mij en hield haar pen in de aanslag.

'Roereieren? Met toast?'

'Natuurlijk. Sinaasappelsap?'

We knikten allebei. Ze draaide zich om. 'Wacht,' zei ik. Ik keek naar Kit. 'We vroegen ons af...' Hij kreunde en schudde zijn hoofd, maar ik sloeg het schetsblok open en duwde het over de tafel voor hij me kon tegenhouden. 'Herkent u dit meisje? Ze is hier misschien een paar dagen geleden geweest.'

De serveerster keek naar het papier en toen weer naar mij, met een strak gezicht ineens. 'Dat lijkt op de foto die de politie gisteren heeft laten zien,' zei ze. 'Een of ander arm kind dat op de snelweg is vermoord. Weten jullie er meer van?'

'Nee,' zei Kit snel. 'Nou, wij hebben haar gevonden, maar verder weten we niks. Lucy, de zus van mijn vriend,' lichtte hij met rollende ogen toe, 'heeft het idee dat we de politie kunnen helpen uitzoeken wat er met dat meisje is gebeurd. Maar ik heb haar al gezegd dat ze zelf heel goed weten wat ze doen. En ze hebben al met jou gepraat...' Hij staarde mij aan. 'Dus als we alleen wat ontbijt kunnen krijgen, zou dat geweldig zijn.'

De serveerster ontspande weer, klikte met haar pen en liet die in de ringband van haar opschrijfboekje glijden. 'Natuurlijk. Komt eraan.'

'Wacht,' zei ik. 'Het spijt me, maar herkent u haar?' Ik keek niet naar Kit. 'Is ze hier geweest?'

De serveerster schudde haar hoofd. 'Nee, schat. Ik heb haar nog nooit gezien.'

'Maar...' zei ik. Kit schopte mijn scheen onder tafel. 'Au!' Ik keek hem woest aan. 'Maar er zijn hier toch niet veel restaurants in de buurt?'

De serveerster liet het boekje in haar borstzak zakken. 'Nee, er is hier niks. June en ik hadden het er nog over met de politie. Er is een wegrestaurant ongeveer een uur rijden naar het oosten, in Kilmore, bij de grens van de staat.'

Kit fronste naar me. 'Is dat alles? Wil je nog op zoek gaan naar vingerafdrukken?'

De serveerster lachte en knipoogde naar Kit. 'Ik kom zo die pannenkoeken brengen, schat.'

'Jemig,' zei Kit toen ze weg was. 'Wil je het alsjeblieft opgeven? Ik heb toch al gezegd dat de politie aan het werk is. Hou op met het lastigvallen van mensen.'

'Ik viel haar niet lastig. Ik vroeg alleen iets. Ze vond het niet erg.'

Ik liet mijn vinger over het waterglas glijden en maakte golvende lijnen door de aanslag. Ik wilde naar Kilmore rijden, maar keek nu wel uit om dat tegen Kit te zeggen.

18

We reden zonder iets te zeggen terug naar het huis van Beth. Mijn schetsboek lag geopend op mijn knieën en ik schetste de bergen, hun silhouet, een puntige lijn die boven het horizontale vlak van het landschap uitstak.

'Hoe ver weg zijn ze denk je?' vroeg ik aan Kit.

Hij haalde zijn schouders op. 'Een uur of twee rijden.'

Ik aarzelde en zei toen voorzichtig: 'Kunnen we stoppen op de plek waar we haar gevonden hebben?'

Hij keek naar mij. 'Je kunt het vanuit de auto zien.'

'Dat weet ik, maar ik wil eruit.'

'Wat heb jij toch?'

'Alsjeblieft?'

Hij zuchtte. 'Je bent echt een lastpak.'

Het landschap was zo vlak dat we het gele politielint al van verre konden zien. Het zag er op deze afstand indrukwekkend uit, die afzetting langs de weg. Kit minderde vaart en stopte op de vluchtstrook.

In het daglicht leek alles weer normaal. Maar toch voelde ik een druk op mijn borst en begon mijn hart sneller te kloppen. Het gevoel was er nog, dezelfde toenemende angst van die avond. Ik zat in de truck en kon me niet bewegen.

'Nou? Wil je er niet uit?' vroeg Kit ongeduldig.

Ik slikte. 'Ik weet het niet.'

'O, kom op, Luce!' Hij gaf het stuur een klap met zijn handpalm. 'Jij wilde dat ik stopte. Ga dan kijken.' Toen ik me nog steeds niet bewoog, boog hij voor me langs en deed het portier open. 'Schiet op. Dan heb je dat maar gehad.'

Ik klom de truck uit en liep langzaam naar het bungelende lint. Het woord POLITIE stond er overal in scherpe zwarte letters op gedrukt. Zelfs in het vlakke licht van de zon, en op dit neutrale tijdstip van de dag, was ik ineens weer bang. Het was stom, ik wist het. Ik bleef mijn voeten voortbewegen, zette de ene stap na de andere en kwam dichter bij de plek. Heel diep vanbinnen geloofde een deel van mij dat ze er nog steeds lag, dood, tot ze gevonden zou worden.

Het gele lint, dat over twee lage struiken hing, was gespannen tussen twee plastic kegels op de snelweg. Het blokkeerde de vluchtstrook. Toen ik er was, stopte ik. Ik kon niet kijken. Ik voelde de warme zon op mijn gezicht en deed mijn ogen dicht omdat ik de paniek van die avond probeerde uit te gummen.

Maar toen hoorde ik het kiezelzand achter me knerpen, net als de vorige keer en ik wist dat het Kit was. Hij stond naast me. Ik voelde hoe hij naar me keek. Ik opende mijn ogen en zag de witte omtrek van haar lichaam op de grond. De broze grens van haar leven.

'Hé,' zei Kit. Zijn stem was vriendelijk en zo anders dan normaal dat ik bang was in tranen uit te barsten. 'Luce.'

'Probeer niet aardig voor me te zijn,' zei ik wanhopig. 'Dat kan ik niet aan.'

'Oké.' Hij draaide me naar zich toe, weg van het felgele lint en de silhouet van haar lichaam. 'Kom mee, we gaan.'

Zijn hand op mijn schouder zorgde voor een warme golf door mijn lichaam. En ineens wilde ik alles uit mijn hoofd zetten. Ik dacht aan de avond op de snelweg, toen ik zo misselijk was en hij mijn haar vasthield. Ik wilde denken aan dingen die niets met het meisje te maken hadden.

En daarom keek ik op en begon hem te kussen.

Het was anders dan de eerste keer. Niet zo warm en plotseling. Deze keer was zijn mond zacht en verrast. Maar toch begon hij me meteen terug te zoenen. En toen hij me kuste, voelde ik vlinders in mijn buik. Ik raakte zijn haar aan en ging met mijn vingers door de krullen in zijn nek. Zijn handen lagen op mijn schouders, toen op mijn gezicht, dat hij vasthield en naar zich toe trok. Ik kuste en kuste hem. Ik wilde niet meer ophouden. Ik kon het zout op zijn lippen proeven en voelde zijn borst dicht tegen me aan. Ik kon nergens anders meer aan denken. Toen hij zich eindelijk terugtrok, voelde mijn mond gezwollen aan en het leek alsof mijn huid als een bloemblaadje naar achteren was getrokken en er iets rauws en tintelends en levends was achtergebleven.

Kit stond naar me te staren.

'Dit kan niet,' zei ik. Ik kon hem niet aankijken.

'Oké,' zei hij.

'Het is te...'

'Ja,' zei hij, 'ik weet het.'

Ik begon terug te lopen naar de truck.

'Luce.'

'Zullen we het gewoon vergeten?' Ik probeerde te klinken alsof het me niks kon schelen. 'Nu staan we quitte.'

Ik mocht Kit niet eens. En nu had ik al twee keer met hem gezoend. Nou, meer dan twee keer.

Zijn mond vertrok. 'Oké, laten we het vergeten.'

'Mooi.'

'Prima.'

We zwaaiden de portiers van de truck tegelijkertijd open. Ik zou het onmogelijk kunnen vergeten.

19

Toen we eindelijk bij Beths huis waren aangekomen, zat zij in de huiskamer op haar knieën op de grond en lag Jamie languit op de bank naar haar te kijken. Je kon het eigenlijk niet eens kijken noemen. Hij ging volledig in haar op. Alsof hij niets anders zag in de kamer. Kit en ik kwamen heel luidruchtig binnen. Dat was niet eens afgesproken, maar we hadden allebei waarschijnlijk wel dezelfde gedachte: dat we ze niet wilden verrassen. We gooiden de deur met een klap open, rinkelden met de sleutels en riepen luid. 'Hé, we zijn terug,' op een overdreven manier, alsof we in een comedyserie speelden. De honden kwamen op ons af gerend en hun nagels krasten over de houten vloer. Maar Jamie keek niet op of om.

'Jullie waren een hele tijd weg,' zei Beth.

'Ja. We zijn naar het oosten gereden,' zei Kit. 'Die tent van gisteren was een stuk dichterbij.'

'De politie heeft gebeld,' zei ze even later.

'O ja?' Kit wierp een blik op mij. 'Wat wilden ze weten?'

'Ze hebben het voorlopige rapport van de lijkschouwer. Ze weten de doodsoorzaak.' Beth ging op haar hielen zitten en keek ons beiden aan. Jamie stond plotseling op, als een katapult.

'Ja. moet je horen,' zei hij.

'Wat?' vroeg ik.

'Ze is gewoon doodgegaan.'

'Hè?' zei Kit. 'Hoe bedoel je?'

'Een erfelijke hartkwaal,' zei Beth. 'Ze heeft een hartaanval ge-had. Heel zeldzaam voor iemand van haar leeftijd, maar zulke dingen gebeuren. Ze is op slag overleden, zei de politie.'

'Bedoel je dat ze niet is vermoord?' vroeg Kit. 'Heeft niemand haar iets aangedaan?'

Ik wendde me tot hem. 'Iemand heeft haar daar achtergela-ten.'

Beth knikte. 'Ja. Dat heeft iemand gedaan en de politie weet nog steeds niet wie dat is geweest. Ze zijn nog niets over haar te weten gekomen.' Ze aarzelde. 'Maar ze lijkt overleden te zijn aan een natuurlijke doodsoorzaak. Dus...' Ze pakte haar verf-kwast op en hield die gedachteloos in de lucht terwijl ze naar Jamie keek. 'Jullie kunnen gaan wanneer je wilt.'

'Echt waar?' vroeg Kit gretig. 'Dat is geweldig!' Hij keek op zijn horloge. 'Als we nu vertrekken, kunnen we rond midder-nacht in Phoenix zijn.'

We mochten gaan. Het leek onmogelijk. We konden gewoon wegrijden en alles achter ons laten. Ik dacht aan de armband die verborgen zat in de zak van mijn rugzak. Ik dacht aan Jamie en Beth die gisternacht samen waren geweest en aan Kit die me had gekust.

Aan de ene kant wilde ik heel graag weg. We hadden nog maar twee dagen vertraging opgelopen. We konden weer gaan rijden en dan zou alles weer normaal zijn. Het zou een opluchting zijn om gewoon weer op de warme achterbank te zitten en te luiste-ren naar het geklets van Jamie en Kit.

Maar een ander deel wilde dat niet. Ik voelde een knoop in mijn maag. Het was nog niet afgelopen. Niemand wist wie ze was, niemand wist wat er met haar was gebeurd. Wij waren degenen die haar hadden gevonden. We konden niet zomaar weggaan.

'We kunnen niet zomaar weggaan,' zei Jamie.

'Wat zeg je?' Kit keek hem aan. 'Natuurlijk wel.'

'Nee,' zei ik. 'Ik wil ook niet weg.'

Nu keek Jamie mij niet-begrijpend, maar wel dankbaar aan. Beth zei niets. Ze keek naar Jamie en er droop geluidloos verf van haar kwast op het laken.

'Jullie zijn allebei gek,' zei Kit. 'En je vader dan? En onze voorjaarsvakantie?'

'Ik ga niet weg,' zei Jamie.

'Jamie...' Kit schudde zijn hoofd en keek van Jamie naar Beth. 'Wat is er in godsnaam...' Hij wendde zich tot mij.

'Ik ook niet,' zei ik rustig.

Kit wilde iets gaan zeggen, maar veranderde van gedachten. Hij liet zich op de bank vallen en zuchtte diep.

'Dit slaat nergens op,' zei hij terwijl hij naar ons drieën keek. 'Ik hoop dat jullie weten wat je doet.'

Niemand gaf antwoord. We hadden niets te zeggen. Later die middag lag ik op bed in de blauwe slaapkamer met de telefoon dicht tegen mijn mond gedrukt te bellen met Ginny. Ik had haar veel te vertellen en toen ik het deze keer hardop zei leek het nog absurder, alsof ik het allemaal verzonnen had. Ik begon met het meisje.

'Wauw,' zei Ginny. 'Maar dat is geweldig! Ik bedoel, ik was ervan overtuigd dat Jamie naar de gevangenis zou gaan. Ik zag al voor me dat we hem gingen opzoeken in een gevangenis in

New Mexico. Kun je je dat voorstellen? En nu is er niks aan de hand.'

'Dat is niet helemaal waar,' zei ik. 'Ze is nog steeds dood.'

'Dat weet ik,' zei Ginny snel. 'En het is zo bizar. Wie gaat er nou dood op zijn twintigste? Dat is toch onvoorstelbaar? Ik bedoelde niet dat het allemaal niks was. Ik bedoelde gewoon dat je nu naar je vader kunt gaan. Snap je?'

'Dat gaat niet,' zei ik. 'Nog niet, tenminste.'

'Waarom niet?'

Ik dacht na over alle mogelijke antwoorden op die vraag en toen gooide ik het er ineens uit: 'Jamie is met Beth naar bed geweest.'

Ik hoorde haar wiebelen van nieuwsgierigheid. 'Wat zeg je?'

'Jamie. Hij heeft met Beth geslapen.'

'Wie is dat?'

'Die vrouw die hier woont, in het huis waar wij logeren. Ik heb je over haar verteld. Die kunstenares.'

'Maar je had toch gezegd...'

'Ja, ze is oud. Zo oud als...' Ik wilde niet zeggen 'als mijn moeder'.

Ginny blies lang en onder de indruk uit. 'Wauw. Is hij met haar naar béd geweest? Weet je het zeker? Misschien hebben ze gewoon gezoend.'

Ik zuchtte. 'Nee, dat denk ik niet.' Ik vertelde haar wat er in de gang was gebeurd.

'Wauw,' zei ze weer.

'En Kit heeft me gekust,' voegde ik er snel aan toe om het allemaal maar meteen op tafel te gooien.

'Wát?' Ze gilde in de hoorn en ik hoorde de veren van haar matras piepen toen ze op haar bed zat te springen.

'Tja, ik weet het.'

'Kit de klit? Je liegt.'

'Nee, ik lieg niet. En zo mag je hem niet meer noemen.'

'Lucy! Ga weg!'

Ik zuchtte. 'Ik meen het.'

'Holy shit. Wat is er daar toch aan de hand? Volgens mij kunnen jullie maar beter onmiddellijk terugkomen naar Kansas, pronto!'

'Dat doen we ook,' zei ik krachtig, 'alleen niet nu.'

'Wacht, stop. Vertel me eens hoe het was om Kit te zoenen. Hoe is het gebeurd?'

'Ik weet het niet. Het was gewoon...' Ik werd ineens heel erg verlegen. 'Het was fijn,' zei ik uiteindelijk.

'Fijner dan met Scott Lampere?'

'Ja, natuurlijk.'

'Oké, oké. Maar toch. Ik zie het nog niet voor me. Kit is altijd zo gemeen. Hij kan echt verschrikkelijk zijn. En hij keurt ons nooit een blik waardig. Ik dacht dat hij ons niet kon uitstaan.'

'Dat dacht ik ook,' zei ik.

Ginny hield even haar mond. En toen ik ook niets zei, zuchtte ze diep. 'Nou, dan is hij kennelijk van gedachte veranderd. En dat is best oké.' Ik hoorde hoe ze de dingen ineens anders bekeek. Kit werd herboren in haar gedachten. 'Hij ziet er wel leuk uit. Dat moet je toch toegeven.'

'Eh...'

'Hij is eigenlijk heel erg leuk.'

'Ik weet het.'

'Met dat haar. Hij heeft altijd knappe vriendinnetjes.'

'Ja.'

'Dus denk je dat jij en Kit...?'

'Nee. Nee, zo is het niet. Het zal bij die ene kus blijven.' Ik voelde dat ik bloosde toen ik loog, maar ik kon haar niet vertellen over de tweede keer dat het gebeurde. Dat was al helemaal iets anders.

'Maar ik snap nog steeds niet hoe het begonnen is. Tussen jou en Kit.'

'Het ging heel stom,' zei ik. Ik legde uit dat ik aan Beth had verteld dat Jamie en Kit een stel waren. 'Dus ik denk dat hij het alleen heeft gedaan om iets te bewijzen.'

'O.' Ginny klonk teleurgesteld. 'Dus je denkt niet dat hij je weer gaat zoenen?'

'Nee,' zei ik ferm. 'Het blijft hierbij.'

'Nou...' Ze stopte om het volgende heel voorzichtig te vragen. 'Zou je wíllen dat hij je weer zou kussen?'

'Ik weet het niet,' zei ik. Ik hoorde haar hijgen aan de andere kant en ze zat op meer informatie te wachten. Ik aarzelde. 'Misschien wel.'

Ze begon weer te gillen en eindigde in een giechelbui. 'Jij hebt Kit gezoend! Kit! Ik kan het niet geloven. Dit is echt geweldig.' Ze zuchtte. 'Ik wou dat ik bij je was.'

'Ik ook,' zei ik. En dat meende ik echt.

20

De rest van de middag hield ik Jamie en Beth in de gaten. Of liever gezegd, keek ik naar Jamie en hoe hij naar Beth keek. Op het eerste gezicht kon je niet zien dat er iets aan de hand was tussen die twee – ze kusten, omhelsden elkaar niet, ze raakten elkaar niet eens aan – maar tegelijkertijd was het overduidelijk wat er was gebeurd. Jamie had een uitdrukking op zijn gezicht die ik nog niet eerder had gezien. Zijn ogen volgden elke beweging van Beth, alsof zij iets was wat hij wilde bestuderen en uit zijn hoofd wilde leren. En Beth leek net zo veranderd als hij. De kracht van zijn blik leek haar te polijsten, recht voor onze neus, en haar zachter en eleganter te maken. Zelfs haar huid leek te glimmen. Ze zag er beeldschoon uit.

Kit zag het ook. Toen ik de keuken in ging om iets te drinken te halen, volgde hij me en keek bedrukt. 'Jezus, ze is echt hot,' zei hij. 'Wat maakt het uit hoe oud ze is?'

Ik rilde. 'Je moet met hem praten.'

'Wat moet ik zeggen? Gefeliciteerd? Goed gescoord?'

'Nee! Je moet zorgen dat het stopt.'

Hij haalde zijn neus op. 'Ho ho, dat is jouw afdeling. Jij bent preuts.'

'Hou daar toch mee op.' Hij keek me aan, glimlachte een beetje en ik voelde dat mijn wangen rood werden. 'Ik ben niet preuts,' zei ik gefrustreerd.

'Oké, misschien niet,' zei hij, 'maar hierover wel.'

'Kom op, het is m'n broer! Ik wil niet dat hij in de problemen komt.'

Kit lachte smalend. 'Míj lijkt het geen probleem. Maar als je zo bezorgd bent, ga jij toch met hem praten?'

Ik zuchtte en probeerde moed te verzamelen. 'Ga jij hem dan vragen of hij hier komt. We moeten onze vader bellen.' Dat was waar. Hij verwachtte ons morgen in Phoenix. Maar ik wist dat Jamie hem net zo min wilde spreken als ik. Geen van ons beiden kon hem de echte reden vertellen waarom we bleven.

Jamie kwam door de deur en zag er opgewonden en ongeduldig uit. 'Wat is er aan de hand?'

Ik probeerde hem te zien, heel even maar, zoals Beth hem zag, met zijn donkere haar dat over zijn voorhoofd viel en zijn heldere en warme ogen. Je kon aan Jamies ogen altijd aflezen wat hem bezighield of wat hij voelde, wat bij de meeste andere mensen niet het geval was.

Maar het was onmogelijk om hem als een vreemde te beschouwen. Alles aan hem was me zo vertrouwd. Het was moeilijk om hem te zien als 'een leuke jongen'. Ik wist wel dat de meisjes op school er zo over dachten, maar zulke gedachtes kwamen niet in mijn hoofd op. Ik kon me hem onmogelijk voorstellen als iemand op wie je verliefd kon worden.

'We moeten pap bellen,' zei ik. 'Hij denkt nog steeds dat we onderweg zijn naar Phoenix, weet je nog? Hij zal wel boos zijn.'

Jamie wreef over zijn gezicht en fronste een beetje. 'Ik heb de laatste keer met hem gesproken.'

'Ja, maar ik was degene die hem had gebeld.'

'Jij hebt gewoon een boodschap achtergelaten.'

'Toch ben jij nu aan de beurt.'

Jamie zuchtte. 'Hij stelt me altijd honderden vragen. Als jij belt, zal hij er niet zo'n toestand van maken dat we hier blijven.'

Dat was misschien wel waar, maar toch wilde ik het niet doen.

'Jij moet hem bellen. Jij bent de oudste.'

Jamie beet op zijn lip en keek uit het raam. 'Ik probeer het wel op z'n kantoor,' besloot hij. 'Daar is hij vast toch niet.'

Uiteindelijk ging hij bellen en hij ijsbeerde door de keuken terwijl ik aan de andere kant meeluisterde hoe de telefoon op mijn vaders kantoor overging. Ik begreep aan de snelheid waarmee Jamie sprak dat het antwoordapparaat aanstond. 'Hé, pap, we zitten nog steeds in New Mexico en... het ziet ernaar uit dat we langer blijven. Het heeft niets met de politie te maken en de auto is in orde. Maar... het duurt gewoon wat langer dan we hadden gedacht. Dus we bellen je weer als we meer weten. Het spijt me. Ik hoop dat dit niet je plannen in de war gooit. Dag.' Jamie legde de hoorn met een klap erop.

'Heb je hem het telefoonnummer van hier doorgegeven?'

'Nee.' Jamie keek me aan. 'Wil je echt dat hij terugbelt?'

'Nee, niet echt.'

Hij wilde weer naar de huiskamer lopen, maar ik pakte hem bij zijn arm.

'Wat is er?'

'Jij en Beth...'

'Wat is daarmee?'

'Je moet ermee ophouden.'

Zijn gezicht was ineens gesloten.

'Ze is te oud voor je.'

Hij keek me uitdrukkingsloos aan.

'Het was gewoon, nou ja, een vergissing.' Ik probeerde het nog een keer. 'Ik weet dat het niet je bedoeling was om dit te laten gebeuren, maar je kunt hier niet mee doorgaan.'

'Het was wel mijn bedoeling,' zei Jamie, 'en het gaat jou niks aan.'

'Maar Jamie,' protesteerde ik, 'jemig. Denk eens na. Ik bedoel, mam en pap gaan uit hun dak als ze erachter komen.'

'Het gaat hun ook niks aan,' zei hij, 'het gaat niemand wat aan.'

'Maar het is...'

'Luce,' zei hij met rustige stem, maar vastberaden als een deur die wordt dichtgeslagen, 'ik wil er niet over praten. Goed?' Hij verliet de keuken. Ik stond naast de tafel en zette mijn nagels in het witte hout.

21

'Het is me niet gelukt,' zei ik later die avond tegen Kit toen we de afwas deden. We hadden dat aangeboden omdat Beth voor ons had gekookt – gegrilde kip, maïskolven; zij en Jamie hadden de maïskolven schoongemaakt, de saus bereid en de kip gegrild terwijl Kit en ik een beetje rondhingen omdat we niet wisten hoe we konden bijdragen aan hun vloeiende samenwerking. Het was alsof ze al jaren samen waren. Ik verwachtte steeds iets aan Jamie te zien, een teken dat hij verlegen was of zich ongemakkelijk voelde of zich schaamde. Maar hij leek niet eens te merken dat wij ook in de keuken zaten.

Eén keer, toen ik de tafel dekte en uit het raam keek, zag ik dat hij Beth bij haar middel pakte en haar achter in haar nek zoende, en dat met zoveel gemak dat mijn adem ervan stokte. Ze deed haar ogen dicht en liet haar hoofd naar achteren hangen en aaide over zijn gezicht.

Na het eten, toen wij de vieze borden naast de gootsteen opstapelden, zei Jamie: 'Zullen we een eindje gaan wandelen?' Eerst dacht ik nog dat hij het tegen ons allemaal had, maar toen ik me omdraaide en al bijna antwoord gaf, zag ik dat hij alleen naar Beth keek.

Het was intussen zeven uur geworden en Kit en ik stonden in de keuken voor een gootsteen gevuld met grijs sop te kijken naar Jamie en Beth die in de blauwe schemering over het gazon liepen en naar hun vage contouren die steeds dichterbij elkaar kwamen naarmate het huis verder achter ze lag.

'Wat is niet gelukt?' vroeg Kit.

'Om met Jamie te praten. Hij wil niet naar me luisteren.'

'Dat ben je vast wel gewend.'

'Ja.' Ik veegde mijn handen af aan de theedoek. 'Maar dit is niet zomaar iets. Hij weet dat ik gelijk heb.'

'Hoe weet je nou dat jíj gelijk hebt?'

Ik staarde hem aan. 'Hierover? Dat is gewoon zo.'

'Omdat je altijd gelijk hebt?'

'Dat heb ik niet gezegd.'

'Maar dat dacht je wel.'

'Helemaal niet. Dat was helemaal niet wat ik dacht.' Ik mikte de afgekloven maïskolven in de vuilnisbak en gooide de deksel met een klap dicht. 'Zit toch niet zo op me te vitten.' Ik gaf hem de vuile borden aan.

Ik zag dat hij zich verbeet en me niet aan het dollen was. 'Je had die avond in de auto toch ook gelijk toen je zei dat we een aanrijding hadden gemaakt. Jij zei dat we moesten keren om te kijken wat het was. Moet je zien wat dat heeft opgeleverd.'

Ik slikte. 'Hoe bedoel je?' Hij deed de laatste twee borden in de afwasmachine, zijn onderarmen waren nat en glansden.

Hij keek me aan. 'Wij hadden niets met dat meisje te maken. En als we waren doorgereden naar Albuquerque, waren we niet in aanraking gekomen met de politie. Dan hadden we Beth nooit leren kennen en was Jamie niet met haar naar bed gegaan. Dan waren we de volgende dag in Phoenix geweest en hadden we nu voorjaarsvakantie gevierd bij je vader in plaats van hier vast te zitten.' Hij sloeg de deur van de afwasmachine hard dicht, pakte de theedoek uit mijn handen en begon ruw zijn armen af te drogen. 'Dat was een stuk leuker geweest dan dit.'

Ik staarde hem aan. 'Wil je mij nu van alles de schuld geven?'

'Niet dan?'

'Het is niet mijn schuld dat het meisje dood is.'

'Nee, maar wel dat we haar hebben gevonden.'

Ik draaide me om voor hij mijn gezicht kon zien en ik rende naar de slaapkamer en trapte de deur achter me dicht.

Ik lag op mijn buik met mijn gezicht in het kussen. Ik snoof de geur van de gewassen lakens op en probeerde niet te huilen. Ik snapte niet waarom ik verbaasd was. Het was logisch dat Kit er zo over dacht. Ik had hun vakantie verpest. Ik had de vakantie voor iedereen verpest en niet alleen dat. Dankzij mij zat Jamie er tot over zijn oren in.

Kit en ik hadden gezoend en weer gezoend – ik huiverde als ik eraan dacht – maar dat had hem niet veranderd. Hij was nog steeds Kit. En ik was nog steeds mezelf.

Ik wilde mijn moeder spreken. Niet om haar iets te vertellen. Dat kon ik niet. Maar gewoon om haar stem te horen. Ze werkte vanavond, ze had avonddienst in de kliniek. Ik pakte de telefoon en draaide haar nummer.

'Met de vrouwenkliniek.'

Ik zuchtte en liet de rust van haar stem op me inwerken. 'Mam, ik ben het.'

'O! Schat, hoe gaat het? Waar zit je? Zijn jullie al op weg naar je vader?'

'Nee, nog niet.'

'Waarom niet? Is het nog niet opgelost? Je vader heeft vanmiddag met de sheriff gesproken. Hij zei dat jullie weg mochten.'

'Ja, dat klopt...' Ik aarzelde.

'Wat heb je? Is er iets gebeurd?'

'Nee, niets, mam. Er is niets gebeurd. Het is alleen...'

Ik hoorde dat er nog een beller op de lijn zat. 'Wacht even, Lucy.' Ik wachtte.

'Wat zei je nou, schat? Waarom zijn jullie nog niet onderweg naar Arizona?'

'De politie weet gewoon niets over het meisje. Ze hebben geen enkele identificatie gevonden. En het schijnt dat ze is overleden aan een hartaanval.'

'Ja, dat weet ik. Dat heeft je vader me verteld. Arm kind en arme familie – die weten vast nog niet eens dat ze dood is. Daar kan ik me niets bij voorstellen.' Ik kon haar horen rillen. 'O, wacht nog even.'

Ik wachtte en luisterde naar de gelijkmatige piepjes.

'Lucy?'

'Je hebt het druk. Zal ik je straks terugbellen?'

'Ik ben pas rond middernacht thuis, liefje. Dan is het te laat. Maar ik begrijp nog steeds niet waarom jullie niet zijn vertrokken. Gaat het allemaal wel goed daar?' De telefoon ging weer over, maar deze keer wachtte ze tot ik antwoord gaf.

Ik aarzelde. Het ging helemaal niet goed hier. 'Ja, mam. Toen we het bericht van de politie hoorden was het al laat, snap je?' Ik haalde diep adem. 'We wilden niet 's nachts rijden.'

'O. Dat klinkt logisch, vooral na wat er is gebeurd. Dus jullie gaan morgenochtend vroeg weg? Hoe gaat het met Jamie? Is hij er alweer een beetje bovenop gekomen?'

Ik slikte. 'Ik denk dat hij het er nog wel moeilijk mee heeft.'

'Nou, geef hem maar even aan de lijn. En dan moet ik weer aan het werk. De lijnen staan roodgloeiend.'

'Hij...' Ik aarzelde. 'Hij is naar buiten, aan het wandelen.'

'Echt waar?' Ik hoorde iets van ongeloof in haar stem. 'Weet je zeker dat alles goed gaat, Lucy?'

'Ja, niks aan de hand. Ik wilde je gewoon even spreken, meer niet. Sorry dat ik je op je werk heb gebeld.'

'Nee, nee, ik ben blij dat je dat hebt gedaan. Bel je me morgen terug? Ik hou van je, schatje.'

Ik legde de telefoon neer en luisterde naar de stilte in de kamer. Ik vroeg me af wat mijn moeder had gezegd als ik haar alles had verteld. Wat ze had gedáán. Dat was nou net het probleem als je je ouders iets belangrijks vertelde. Het was nooit zo dat ze alleen maar lúísterden, ze moesten ook altijd iets dóén. En dat maakte het soms alleen maar erger.

Ik boog me voorover, trok mijn rugzak over de vloer naar het bed en deed de rits van het binnenzakje open. Voorzichtig haalde ik de armband eruit. Het zilver glansde. De bedeltjes dansten en botsten tegen elkaar aan. Ik tikte met een vinger tegen de hoef en keek hoe hij draaide. Ik liet de armband naast me op de deken vallen. Ik dacht aan de dunne pols van het meisje en hoe gemakkelijk het was geweest om de armband los te maken en in mijn zak te laten glijden.

Misschien was alles wel mijn schuld. Maar hoe kon je ooit weten of je wel het goede deed? Als je op de een of andere manier zou kunnen voorzien wat er zou gebeuren, was het een ander verhaal. Dan zou je al die fouten niet maken. Dan had ik Beth nooit gezegd dat Jamie van jongens hield, want dan had ik geweten waar dat toe zou leiden. Maar op dat moment leek het iets onbelangrijks, iets wat helemaal losstond van al het andere.

Net als dat ik de armband had gepakt. Net als dat ik die avond in de auto door de met regen bedekte voorruit had gekeken en had gezegd: 'We moeten terug.'

Ik raakte de gladde vlakken van elk bedeltje aan. Er waren toch niet veel andere mogelijkheden geweest? Toen we haar eenmaal hadden gevonden, moesten we iets doen. We konden haar daar niet in haar eentje in de regen langs de kant van de weg laten liggen. Ze was iemands dochter. Misschien iemands zus. Dat ze dood was, betekende niet dat ze er niet meer toe deed.

Ik hoorde Kits voetstappen in de gang en sloot de armband in mijn vuist en schoof die onder mijn buik.

'Luce?' Hij klonk ongeduldig, niet verontschuldigend.

Ik zei niets.

'Wat ben je daar aan het doen?'

Ik begroef mijn gezicht in het kussen en mompelde: 'Niets. Ga weg.'

De deur zwaaide open. 'Ik versta je niet,' zei hij en hij liep naar het bed. Toen ik mijn ogen opendeed en knipperend naar hem keek, dacht ik te zien dat hij misschien toch een beetje spijt had. Maar ik draaide mijn gezicht weg en drukte de armband stevig tegen mijn buik aan. Hij ging op bed zitten, de veren kraakten en mijn hart begon wat sneller te kloppen.

'Waar ben je nou zo boos om?' Hij legde zijn hand op mijn rug, als een waaier over mijn ribben. Ik voelde dat mijn huid tintelde onder zijn warmte en zich spande om met zijn vingers in contact te komen. Ik huiverde.

'Wat ben je gespannen.' Dat was de stem die hij tegen de serveersters gebruikte. 'Word je onrustig van mij?'

'Nee,' zei ik en ik keek hem nog steeds niet aan. 'Jij maakt me niet onrustig.'

'Weet je het zeker?' Hij duwde het haar uit mijn gezicht, boog zich naar me toe en ik voelde zijn adem op mijn wang. Hij bewoog zijn hand in rondjes over mijn rug. Ik verstijfde.

'Ik dacht dat we dit niet zouden doen,' zei ik.

'Wat niet?' Zijn stem klonk teder. Hij begon me te zoenen en rolde me naar hem toe, zijn mond raakte mijn gezicht en lippen en ineens drukte ik me tegen hem aan en wilde hem met beide armen vasthouden, me aan hem vastklampen omdat alles in de kamer voor mijn ogen begon te draaien.

Ik dacht te laat aan de armband. Ik liet hem vallen en hij viel met een klap op de grond.

Ik deinsde terug en probeerde op adem te komen.

En dat was een vergissing. Als ik hem was blijven vasthouden, zou Kit niets gemerkt hebben. Maar nu tilde hij zijn hoofd op en keek over de rand van het bed. 'Wat was dat?' vroeg hij.

Ik beet op mijn lip. Hij kon hem onmogelijk herkennen.

Hij raapte de armband op en legde hem tussen ons in op de deken. Hij fronste zijn wenkbrauwen. 'Is deze van jou?' vroeg hij onzeker.

Ik had kunnen liegen, woorden kunnen verzinnen die hem zouden overtuigen. Hij zou het nooit te weten zijn gekomen.

Maar ik wilde dat hij het wist. Dat was het vervelende van liegen. Je werd er uiteindelijk zo eenzaam van.

Ik schudde langzaam mijn hoofd.

Hij bleef naar de armband kijken. Met zijn wijsvinger maakte hij er een cirkel van. 'Is hij van Beth?' vroeg hij. En toen, nog steeds fronsend zei hij: 'Nee, wacht.' Hij richtte zijn blik op en ik zag de verbazing in zijn ogen. 'Hij is van haar.'

Ik knikte.

'Heb je haar armband meegenomen?'

Ik knikte weer.

'Dat is echt gestoord.'

Ik legde mijn gezicht op zijn schouder. 'Ik weet het,' zei ik in zijn overhemd.

22

De drang om zo te blijven zitten, met mijn wang tegen zijn overhemd aangedrukt, was zo groot dat ik me niet meer kon bewegen. Maar ik had geen keus. Kit duwde me weg en tilde mijn
gezicht op zodat hij me aan kon kijken.

'Heb je haar armband van haar pols gehaald en gestolen?'

Het klonk zoveel erger als hij het op die manier zei. Ik had er
niets op terug te zeggen.

'Maar waarom? Waarom heb je dat gedaan?'

Ik rolde weer achterover op bed en sloeg mijn handen voor
mijn gezicht. 'Ik weet het niet! Ik weet het gewoon niet.'

Hij zei niets meer. Toen ik mijn vingers spreidde om te zien
wat hij deed, zag ik dat hij naar de armband staarde en elk bedeltje optilde en omdraaide.

'Het was niet de bedoeling,' zei ik wanhopig.

Kit keek me alleen maar aan.

'Oké, wel, maar ik wilde hem niet stelen. Ik...' Ik stopte. Hij
zou het toch nooit begrijpen. Niemand zou het begrijpen. 'Ik
wilde het veilig bewaren, snap je? De politie was onderweg en
ik wist dat ze haar zouden meenemen en ik wilde alleen maar...'
Hoe moest ik het uitleggen? Ik snapte het zelf niet eens.

'Wanneer heb je hem gepakt? Ik heb er niks van gemerkt.'

'Nee. Jij en Jamie stonden met Beth te praten. Ik heb het gedaan vlak voordat de ambulance kwam.'

'Dit is echt zo gestoord,' zei hij weer. 'De politie zei dat ze geen identiteitsbewijs bij zich had. Zoiets als dit zou belangrijk kunnen zijn.'

'Ik weet het. Ik weet het.' Ik raakte zijn hand aan en hij krulde zijn vingers onmiddellijk om de mijne en daardoor drukte de armband tegen onze handpalmen aan. De warmte van zijn huid bezorgde me speldenprikjes. 'Maar als ik het ze nu vertel, zou proberen om hem terug te geven... zien ze het dan niet als diefstal? Kom ik dan in de problemen?'

Hij draaide mijn hand, liet mijn vingers los en tilde de armband op. Het bungelde in de lucht tussen ons in, vlak voor mijn gezicht. De kamer was nu bijna helemaal donker. Ik kon de armband of Kits uitdrukking nauwelijks zien. Ik wist niet wat hij nu dacht.

Ik slikte. 'Moet ik het aan ze vertellen?'

Hij schudde zijn hoofd. 'Ik weet het niet.'

Ik ging weer op bed liggen en draaide me van hem af. 'Maar als het nou een aanwijzing is? Zou de politie dan te weten kunnen komen wie ze is?'

Het matras wipte op en ik voelde dat hij naast me was komen liggen, onze schouders raakten elkaar bijna aan, maar net niet helemaal en daarom voelde ik een elektrisch geladen ruimte om me heen. Na een tijdje klonk zijn stem in de duisternis. 'Staat er verder nog wat op? Ik bedoel, afgezien van de bedeltjes?'

'Nee. Geen naam of iets dergelijks. Dat heb ik gecheckt. Het zijn alleen maar bedeltjes die je overal in sieradenwinkels vindt.'

Ik wees naar het zilveren hartje. 'Ik heb precies dezelfde aan mijn bedelarmband thuis.'

'Dan maakt het waarschijnlijk toch niets uit.' Ik wist dat hij het zei om me gerust te stellen.

Ik keek uit het raam naar de donkerblauwe nacht. 'Dit is het ergste wat ik ooit heb gedaan,' zei ik mat.

Kit haalde zijn neus op en klonk weer als zijn oude zelf. 'Echt niet.'

'Wel waar. Ik heb iets van een dode gestolen.'

'Ach, hou toch op. Je hebt vast wel ergere dingen gedaan.'

'Nee. Echt niet.' Ik draaide me een beetje om, keek in het donker naar zijn vage profiel en voelde de warmte van zijn lichaam tegen het mijne. 'Wat is het ergste wat jij ooit hebt gedaan?'

Hij begon te lachen, maar ik wilde het ineens weten. Het leek belangrijk. 'Vertel op,' zei ik.

'Meen je dat nou? Dan ben ik de hele nacht bezig.'

'Ik bedoel niet alles,' zei ik gefrustreerd. 'Gewoon het allerergste. Alsjeblieft?' Ik fluisterde bijna. 'Ik heb het jou ook verteld.'

Kit keerde zich naar mij toe en zijn gezicht op het kussen was nu maar een paar centimeter van het mijne verwijderd. Ik keek hoe zijn lippen bewogen en langzaam van vorm veranderden. 'Het ergste? Jemig.'

'En ook niet een van die grappen die je met Jamie op school hebt uitgehaald.'

Hij was een tijdje stil. Toen vouwde hij zijn handen achter zijn hoofd en staarde naar het plafond. 'Goed dan. Het ergste...' Met het laatste beetje licht dat door het raam scheen, kon ik zien dat hij op zijn onderlip beet. 'Vorig jaar waren Jamie en ik nog laat in een café...'

Ik had meteen spijt van mijn vraag. Natuurlijk was Jamie er

weer bij betrokken en het was vast iets wat ik niet wilde weten.
'Waren jullie aan het drinken?'

'Eh, ja, dat doe je meestal in een café. Het was niet bij ons in de
buurt, maar ergens waar niemand ons zou herkennen. We waren in Winston.' Vanaf ons huis was het bijna een uur rijden naar
Winston, een kleine stad met een hogeschool met voornamelijk
plattelandskinderen en een kleine, afgetrapte hoofdstraat. 'En
we zaten daar al een tijdje, een uur of twee, drie, toen er een
vent binnenkwam met een hele mooie vrouw met rood haar. Ze
waren een beetje dronken en ze zoenden elkaar en iedereen keek
naar ze en...' Hij stopte.

'Nou?'

'En dat was mijn vader.'

Ik staarde hem aan. Kits ouders waren allebei knappe mensen,
maar op een heel beschaafde manier, als in een reclame voor een
golfclub.

'Maar...'

'Ja. Mijn vader. Met die vrouw. Hij heeft ons niet gezien, weet
je, en daarom zijn we weggeslopen. Meteen. Ik bedoel, Jamie en
ik wilden niet betrapt worden.'

'O,' zei ik. 'Nee.'

'Maar daarna wist ik dit dus van mijn vader. En ik was kwaad,
snap je? Ik bedoel, het was geen grote schok. Ik had al zo'n ver-
moeden dat hij ontrouw was. Maar waar was hij mee bezig? Om
naar Winston te gaan, wat maar een uurtje rijden is, met een
andere vrouw? Hij had iedereen wel tegen kunnen komen. Dat
doe je toch niet?' Hij strekte een arm boven zijn hoofd uit en
tikte met zijn knokkels tegen de muur.

'Ik heb eraan gedacht om het aan mijn moeder te vertellen.'
Hij trok zijn mondhoeken omlaag. 'Hij maakte haar belachelijk,

weet je. Ik bedoel, waarom zou zij zijn hemden strijken en z'n eten koken terwijl hij gewoon...'

Ik boog me naar hem toe en keek naar zijn gezicht. Ik wilde die boze trek om zijn mond wegnemen, gladstrijken. 'Je hoeft me dit niet te vertellen,' zei ik.

'Nee, luister nou. Ik was er dus heel nerveus over, snap je? Ik bedoel, wie heeft er nou zin in om z'n moeder dit te vertellen? Maar op een dag heb ik het gewoon allemaal verteld, dat we in het café zaten en wat we hadden gezien.'

Hij aarzelde.

'Wat gebeurde er toen?' fluisterde ik.

'Ze gaf me een klap in m'n gezicht. Ze zei: "Wie denk je wel niet dat je bent, om me zoiets te vertellen?"'

Ik staarde hem aan.

'En dat was het dan. We hebben er nooit meer over gesproken.'

Ineens leek het doodnormaal om die geladen ruimte te overbruggen en mijn hand in de zijne te laten glijden en hem heel stevig vast te houden. Ik kende hem al jaren, maar wist eigenlijk niets van hem af. Wat je van iemand te weten kon komen door maanden met hem door te brengen kan niets zijn vergeleken bij wat je in een paar minuten met één verhaal te horen krijgt. Misschien had iedereen één verhaal dat precies vertelde wie iemand eigenlijk was.

'Kit,' zei ik terwijl ik tegen hem aan schoof en mijn voorhoofd op zijn schouder liet rusten, 'dat is niet het ergste wat je ooit hebt gedaan.'

'Wel,' zei hij en zijn stem klonk hard. 'Ik had het haar nooit moeten vertellen. Het zijn mijn zaken niet. En het had alles tussen m'n ouders kapot kunnen maken. Misschien is dat ook wel gebeurd.'

'Waarom was ze zo boos op jou? Dacht ze dat het niet waar was?'

Hij schudde zijn hoofd. 'Dat dacht ik eerst, dat ze me niet geloofde. Maar toen dacht ik, nee, ze gelooft me. Ze wist het al. En ik had haar nooit moeten zeggen dat ik het ook wist want dan is het gewoon te moeilijk... om door te blijven gaan. Ze vond het gewoon, weet ik veel, getuigen van gebrek aan respect of zoiets. Dat ik haar zoiets over mijn vader vertelde.'

Ik kneep zijn hand in het donker. 'Wat erg voor je,' zei ik.

'Tja, er gebeuren nou eenmaal van die klotedingen.'

We hoorden de honden luid blaffen in de tuin en toen hoorden we naderende stemmen. 'Ze zijn terug,' fluisterde ik en ik ging rechtop zitten. 'Je kunt beter weggaan.'

Hij keek me even aan zonder iets te zeggen, stond in één beweging op en verliet de kamer.

23

Ik deed mijn kleren uit in het donker en liet de armband weer in mijn rugzak glijden. Ik hoorde dat Jamie en Beth in de gang waren. Ik verstond niet wat ze zeiden, hoorde alleen hun woorden die samenvielen en voortkabbelden als een rivier, soms onderbroken door haar zachte gelach en zijn reactie daarop.

Hij is verliefd op haar aan het worden, dacht ik.

Hoe kon dat nou? Het ging te snel. Maar ik voelde het.

Ik kroop onder de koele lakens en probeerde hun stemmen te volgen. Na een tijdje hoorde ik dat ze de deur van Beths slaapkamer opendeden en naar binnen gingen. Toen de deur dichtging klonk dat ferm en definitief, als een klep die dichtklapte. Jamie werd bij haar ingesloten en afgesloten van Kit en mij.

Ik droomde die nacht weer van het meisje. Ik zag de weg en hoorde de hevige regenval, net als de afgelopen twee nachten. Ik begon te denken dat ik nooit meer normaal zou kunnen slapen. Soms wist ik niet eens of ik had geslapen voor de droom kwam, het leek zo echt dat ik trillend wakker werd.

Deze keer stond het meisje op in het schijnsel van de koplampen, met uitgestrekte armen en bewegende lippen. Ik deed heel erg mijn best om te horen wat ze zei, maar haar stem was gedempt. Ik wist dat ze om hulp vroeg, maar voor ik erachter kwam wat ze wilde, reden we met de auto op haar in.

Ik schoot hijgend overeind. Ik zag op mijn horloge dat het twee uur 's nachts was.

Ik ging weer liggen, trok de lakens op tot mijn kin en luisterde naar de stilte in huis. Ik hoorde iets ruisen in de keuken. Misschien was het Jamie, dacht ik. Misschien kon ik nog een keer met hem praten.

Maar toen ik in de deuropening van de keuken stond, zag ik dat het Beth was.

In het donker leek ze uit een andere wereld te komen. Haar nachtjapon was van een blote, bruine schouder gegleden. Hij leek niet bij haar te passen want hij was zo verfijnd en er was niets verfijnds aan Beth met haar met verf bespikkelde handen en grove manier van werken. Ze stond bij de gootsteen uit het raam te staren.

'O,' zei ze, en ze draaide zich om terwijl ze haar armen over haar buik sloeg. 'Lucy, ik hoorde je niet. Wat doe jij nog op?'

'Ik had een nachtmerrie.'

'Waarover?'

Ik haalde mijn schouders op. 'Wil je er alsjeblieft mee stoppen? Jamie is te jong.'

Ze keek me lange tijd op haar hoede aan. 'Dat weet ik.'

Ik probeerde het nog eens. 'Ik weet dat hij... Dat hij er leuk uitziet en dat je hier waarschijnlijk nooit iemand tegenkomt, maar...'

'Het is niet wat je denkt.'

Ik slikte. 'Ik ben heus niet gek. Ik kan het toch zien? Ik zie dat hij gek op je is. En...' Ik hield op en maakte vervolgens mijn zin in één adem af: 'En je bent te oud!'

Ze deinsde achteruit en fronste haar wenkbrauwen.

Maar nu was ik niet meer te stoppen. Als ik Jamie niet kon overtuigen, misschien lukte het me wel met Beth. 'Je moet ermee ophouden. Ik bedoel, jij bent de volwassene. Hij is net achttien geworden. Dat weet je toch wel? Hij doet over twee maanden eindexamen en gaat in de herfst naar de universiteit van Illinois. Hij heeft een heel eigen leven thuis... vriendinnen en sport en een baantje.'

Ze zei niets meer. Ze keek me ook niet meer aan.

Ik pakte het hout van de deurpost vast. 'Ik bedoel, waar is je gevoel voor verantwoordelijkheid gebleven? Denk je helemaal niet aan de consequenties?' Ik klonk als de leraar maatschappijleer op school en haar grimmige moralisering van veilige seks.

'Consequenties?' zei Beth. Ze schudde haar hoofd. 'Ik weet hoe het er voor jou uitziet. Maar Lucy, je moet weten dat...' Ze hield op. 'Wil je iets weten? Iedereen zegt dat je voorzichtiger wordt naarmate je ouder wordt, dat je banger wordt voor verandering. Maar dat is niet waar. Je wordt juist stoutmoediger. Je denkt er niet over na of iets gevaarlijk is of niet, omdat dit misschien je laatste kans is.' Ze sloot haar ogen en drukte haar vingers tegen haar voorhoofd en kneedde haar huid. 'Alles heeft consequenties. Niet alleen de dingen die je doet maar ook de dingen die je niet doet.'

Ik staarde haar aan.

'Maar, waarom Jamie? Waarom niet iemand anders? Iemand die hier woont, de sheriff, iemand van je eigen leeftijd.' Dat klonk zelfs mij een beetje zielig in de oren.

Ze bleef uit het raam kijken. 'Ik was dit helemaal niet van plan,' zei ze. 'Ik dacht dat hij van jongens hield, weet je nog?' Ze wierp me een blik toe. Er stond geen verwijt in haar ogen, maar juist begrip. 'Weet je wat zo gek is? Ik heb me hier nooit eenzaam gevoeld,' ging ze verder. 'Nooit. Tot Jamie kwam. Toen voelde ik me ineens zo eenzaam dat ik het niet meer kon verdragen.'

Ik voelde dat er een golf van paniek over me heen kwam die zwaar op mijn borst drukte. 'Maar zo is het voor jóú,' zei ik, 'niet voor Jamie. Hij is niet eenzaam. Hij is nog maar een kind.' Ik zag dat ze haar hoofd een beetje liet zakken. Ik aarzelde. 'Ik denk dat hij verliefd op je aan het worden is.'

Beth keek me niet aan. Ze klonk verslagen toen ze zei: 'Ik weet het.'

Ik kon het niet meer verdragen. 'Je maakt misbruik van hem. Het is niet eerlijk. Je zult hem heel erg kwetsen.'

Ze deinsde terug alsof ik haar een klap zou geven en toen draaide ze zich eindelijk met rode wangen naar me toe. 'Ik kan hier niet met jou over praten,' zei ze. Ze liep langs mij door de gang naar haar slaapkamer.

Ik stond te trillen op mijn benen. Het werd me ineens heel duidelijk dat ik hier niet meer kon blijven. Ik kon niet meer in dit huis blijven en aanzien wat zich tussen hen afspeelde. Het was te moeilijk. En de enige manier om weg te gaan, was om Kit te vragen of hij me wilde meenemen.

De gang was pikkedonker. Op de tast zocht ik naar de deurknop van de studeerkamer en toen ik hem had gevonden, bleef ik met mijn hart kloppend in mijn keel voor de deur staan. Toen duwde ik hem open.

Kit lag op z'n rug met ontbloot bovenlijf en een halfgevouwen deken losjes over zich heen. Zijn ademhaling was regelmatig.

De maan scheen fel als een niet knipperend oog door het raam en wierp zacht licht op zijn gezicht.

'Kit,' fluisterde ik.

Hij bewoog niet.

Ik knielde naast hem neer en legde mijn hand aarzelend op zijn schouder. Zijn huid was warm en ik voelde zijn spieren.

'Kit,' zei ik wat harder.

Er kwam geen reactie. Zijn ademhaling ging gewoon op dezelfde manier door.

Ik dacht aan het meisje en werd meteen koud en bang. Ik ging dicht naast hem op de grond liggen. 'Kit, wat gebeurt er allemaal?' Ik fluisterde met mijn mond tegen zijn schouder.

Hij bewoog nog steeds niet. Ik bleef naar zijn gezicht kijken om een teken op te vangen dat hij me had gehoord. Ik rook de mengeling van zijn zware zoete geur, de geur van zijn haar en zijn nek en zijn slapende lichaam. Ik legde mijn hand op zijn borst om zijn hartslag te voelen.

En toen bewoog hij ineens, verschoof een beetje en draaide zich naar mij toe. Hij strekte zijn arm slaperig naar me uit en begon me door mijn T-shirt heen over mijn lichaam te aaien. Hij streelde me met zijn warme handen. Je lichaam weet dingen waar je met je hoofd alleen naar kunt raden, en ik dacht: dit heeft hij vaker gedaan.

'Kit,' zei ik weer.

'Wat?' Zijn stem klonk zacht. 'Wat doe jij hier?'

'Ik wil hier weg,' zei ik, en ik raakte zijn gezicht aan. 'Ik wil naar Kilmore gaan.'

Hij had zijn ogen nog gesloten, maar zijn hand gleed in een beweging langs mijn arm naar beneden en hij pakte me bij mijn pols. 'Waar heb je het over?' mompelde hij.

'Ik kan hier niet meer blijven. Alsjeblieft, Kit. Kunnen we niet naar Kilmore gaan?' Ik bewoog mijn lippen tegen zijn huid en ik voelde me duizelig, niet in staat om goed na te denken, maar ik wilde hem 'ja' horen zeggen.

'Oké, oké. Maar laten we het er nu niet over hebben,' fluisterde hij terwijl hij me dichter naar zich toetrok. 'Morgen weer.'

Ik vlocht mijn vingers in zijn haar. 'Nee, nu. Ik wil nu vertrekken.'

Toen deed hij zijn ogen open. Hij schoof van me af en zijn hand hield mijn pols nog steeds vast. 'Wat?'

'We moeten nu weg,' zei ik.

Hij fronste. 'Waarom?'

Ik ging op mijn knieën zitten en trok rillend mijn T-shirt omlaag. 'Ik kan hier niet meer blijven. Als jij niet met me meegaat, ga ik wel alleen.' Ik keek hem recht aan om hem ervan te verzekeren dat ik het meende.

Hij ging langzaam overeind zitten en wreef met zijn hand over zijn gezicht. 'Waar heb je het over? Je kunt niet eens rijden.'

Ik probeerde niet naar zijn borst te staren. 'Dan kan ik wel! Goed genoeg om naar Kilmore te rijden.' Dat was niet waar. Ik had een paar keer met mijn moeder op parkeerplaatsen en doodlopende weggetjes gereden. Ik wist dat ik pas over een jaar mijn rijbewijs zou mogen halen.

Hij schudde zijn hoofd en keek me indringender aan. Ik ontweek zijn blik. 'Maar wat is er gebeurd? Ik bedoel, jemig, vanwaar die haast?'

Daar kon ik geen antwoord op geven. En daarom deed ik iets waar ik later spijt van had. Ik boog me naar hem toe en legde mijn arm om zijn nek en trok zijn gezicht naar het mijne. Ik kuste hem en bleef hem kussen tot ik zijn weerstand voelde wegsmelten en ik niet meer wist waar mijn gezicht ophield en het zijne begon. En deze keer was wat er tussen ons gebeurde geen vergissing of verrassing. Het was een keuze.

Toen we uiteindelijk ophielden, zei hij alleen: 'Oké.'

Ik wist niet of het door het zoenen kwam dat hij het ineens begreep of dat hij snapte dat ik niet op andere gedachten te brengen was, maar wat de reden ook was; ineens duwde hij de deken van zich af en begon zijn spullen te pakken en in zijn rugzak te proppen. Ik kon het nauwelijks geloven maar daar gingen we dan, struikelend in het donker, op onze tenen langs de slaapkamer waar Beth en Jamie sliepen, en we lieten een briefje voor Jamie achter op de keukentafel.

Ik deed wat hondenbrokken in de voederbakken om te voorkomen dat de honden zouden blaffen als wij weggingen. Kit vond Jamies sleutels in de studeerkamer en liet zijn mobiele telefoon in zijn broekzak glijden. We staken het grasveld over in de stilte voor de zonsopgang en klommen voor het eerst sinds het ongeluk de koude auto in.

We gingen naar Kilmore.

24

Het was een lange rit over de donkere weg die zich uitstrekte tot aan de horizon. Bijna onmiddellijk kwamen we bij de plek waar we het meisje hadden gevonden, maar we stoven erlangs.

Ik zat naast Kit. Niet netjes op de passagiersstoel, maar vlak naast hem omdat dat heel natuurlijk leek toen we de auto in stapten. Hij reed met één hand aan het stuur en zijn andere op mijn been, net boven mijn knie. Zijn duim maakte luie cirkels over mijn dijbeen.

Hij keek me van opzij aan. 'Wat is precies het plan als we in Kilmore zijn aangekomen?'

Ik zag dat hij me plaagde, maar dat kon me niks schelen. 'We gaan naar restaurants, winkels, wat er maar te vinden is. En dan laten we de tekening zien en vragen of iemand haar heeft gezien. Dan merken we wel wat we zullen vinden.'

Zijn duim hield op met aaien. 'Dan moet je mij eens uitleggen hoe dat in z'n werk gaat. Waarom denk je dat wij iets te horen zullen krijgen wat de politie niet al weet?'

'Omdat... tja, misschien kunnen wij iets bedenken waar zij niet aan hebben gedacht.' Ik zuchtte. 'Maar het is in elk geval beter dan toe te kijken hoe Beth Jamies leven aan het ruïneren is.'

'Wie zegt dat hij zijn leven ruïneert?'

Ik wilde geen ruzie maken hierover. Ik vlocht mijn vingers in de zijne en tilde zijn hand op en legde die in mijn schoot. 'Ik weet dat je vindt dat ik...' ik hield even op en vervolgde, 'te fel reageer. Maar het gaat over mijn broer, oké? En geef nou toe, jij vindt het toch ook niet normaal om met iemand naar bed te gaan die twintig jaar ouder is dan jij? Wil je me echt zeggen dat jij dat geen raar idee vindt? Niet eens een klein beetje?'

Kit haalde zijn schouders op. 'Niet echt, nee, Ik bedoel, ik zou het wel raar vinden als ze lelijk was. Maar dat is ze niet. Ik snap het best wel. Ze is heel zelfverzekerd. Ze weet wat ze doet.'

Ik wachtte, maar hij zei verder niets meer. 'Was dat het? Vind je dat een verklaring waarom Jamie met haar naar bed gaat?'

'Ja hoor. Alles bij elkaar wel. Zij steekt haar nek uit, snap je? Zegt wat ze denkt. Kijkt je recht in de ogen.' Hij lachte om de uitdrukking op mijn gezicht. 'Wat nou? Het gaat niet alleen om borsten.'

'Maar dat is het enige waar jij en Jamie over praten,' bracht ik ertegen in.

'Ja, natuurlijk. Maar er is nog wel meer dan dat.'

Ik zuchtte. 'Oké, dat is misschien een verklaring voor Jamie. Maar zij dan? Wat ziet ze in hem?'

Kit haalde zijn neus op. 'Hij is achttien. Zij is over de houdbaarheidsdatum heen. Het lijkt me vrij duidelijk dus.'

Ik schudde mijn hoofd. 'Nee, zo is ze niet.' Ik dacht aan de manier waarop Jamie naar haar keek en hoe zij zich daardoor moest voelen. Ik vroeg me af of je verliefd kunt worden op het beeld dat iemand van je heeft; een versie van jezelf die je teruggekaatst krijgt.

'Maak je geen zorgen,' zei Kit. 'Het zal heus niet zo zijn dat hij naar New Mexico verhuist en een heleboel kinderen met haar zal krijgen. Hij geniet er gewoon van. Dat kun je hem niet kwalijk nemen. En haar ook niet.'

Ik zei niets. Het had toch geen zin.

Om ons heen veranderde de zwarte duisternis in blauw en toen grijs en uiteindelijk verscheen er een paars-rode zon aan de horizon. De woestijn kreeg gekleurde strepen. De schaduwen van de bergen leken naar elkaar toe te bewegen.

Ik leunde achterover om op de achterbank mijn schetsblok te pakken en schoof toen dichter naar het raam toe om te tekenen.

'Hé, wat doe je?' Kit boog zich voorover om mijn enkel te pakken.

Ik lachte naar hem en liet zijn vingers om mijn voet krullen. 'Ik wilde de bergen tekenen. Maar misschien ga ik jou wel tekenen.'

'Bedoel je van opzij?'

'Ja, je profiel. Dat is eigenlijk ook makkelijker.' Ik leunde tegen het portier en liet mijn voet rusten op zijn been terwijl ik snel tekende. Het potlood maakte zachte, krassende geluiden op het papier. Ik kon bijna niet geloven dat dit echt Kit Kitson was. Ik keek naar zijn glimlach, zijn warrige haar. Ik vond het leuk hoe zijn sproeten zijn wangen bedekten; ze leken hem jonger te maken. Het potlood bewoog zonder te stoppen en vulde het papier met zachte lijnen, met de schaduwen onder zijn ogen en de structuur van zijn krullen.

Ik dacht aan wat Beth had gezegd: dat ik moest tekenen wat ik voelde. Ik probeerde te bedenken wat ik voor Kit voelde. Het was al niet meer mogelijk om hem te zien zoals ik hem zelfs maar een dag eerder nog zag. Het gezicht op de tekening had lachlijntjes en een zachte mond. Ik kon zijn huid voelen terwijl ik tekende. Ik kon het boogje van zijn bovenlip voelen en de scherpe hoek van zijn kaak.

'Laat mij eens zien,' zei Kit.

'Nee, ik ben nog niet klaar.'

'Laat me gewoon zien wat je tot nu toe hebt.'

'Nee.' Ik sloeg het schetsblok met een klap dicht en gooide het op de achterbank.

'Hoezo niet? Heb je het nu al verpest?'

'Nee! Ik wil gewoon nog niet dat je het ziet.'

'Dat klinkt alsof je het hebt verpest.'

'Hou op.' Ik schopte hem maar hij pakte mijn voet en hield die vast. Ik voelde hoe zijn vingertoppen tegen mijn botten drukten. Plotseling voelde ik me heel gelukkig. Ondanks alles – het meisje, Jamie en Beth en wat ons allemaal nog te wachten stond – was ik gelukkig hier in deze auto, met Kits hand op mijn voet en die vreemde, sombere woestijn om ons heen die met ingehouden adem tot leven kwam.

'Wanneer zijn we er?' vroeg ik.

Kit schudde zijn hoofd. 'Ik weet het niet. Het is een grote stad. Alles is hier ver weg.'

Uiteindelijk, toen de zon aan de hemel stond, we door de bergen reden en honger begonnen te krijgen, zagen we een bord met KILMORE erop. Het was niet echt een stad, het bestond meer uit een paar wegen die op de snelweg uitkwamen met aan beide kanten wat gebouwen, een paar benzinepompen, een wegrestaurant en een laaggebouwd motel van beton waar een reusachtige cactusvormige neonlamp boven hing.

'Hé,' zei ik, 'zijn we hier al niet eerder gestopt?'

Kit knikte en keek rond. 'Ja, hier hebben we op de heenreis gegeten.'

'Hier heb je dat bier gekocht.'

Zijn mondhoeken zakten. 'Ja.'

Het restaurant lag aan onze kant van de weg en er stonden vrachtwagens met oplegger op het parkeerterrein. Het waren er drie, allemaal gigantisch groot, zilverkleurig en ietwat dreigend. Kit sloeg van de snelweg af en zette de auto op het parkeerterrein.

'Oké,' zei hij terwijl hij mijn voet losliet. 'Doe wat je niet laten kunt.'

Ik keek hem aan. 'Bedankt dat je me hebt gebracht.'

Hij glimlachte. 'Ik had toch niks beters te doen.'

'Dat weet ik, maar toch. Je hebt niet eens heel erg geklaagd.'

Ik pakte mijn schetsblok en wilde uit de auto stappen, maar Kit greep me bij mijn schouder. Hij trok me naar zich toe, liet zijn armen om me heen glijden en bracht zijn mond naar de mijne. Door de kus kon ik aan niets anders meer denken.

Hij nam mijn gezicht in zijn handen. Hij hield me zo voorzichtig vast dat ik me ineens heel breekbaar en klein voelde, als een vogelnestje of een glas van kristal.

'Ik hou ervan om je te kussen,' zei hij.

Ik keek hem recht in de ogen. 'Ik vind het ook fijn om jou te kussen.'

Pas later zou ik over die woorden gaan nadenken. Hij zei: 'Ik hou ervan om je te kussen', en niet 'Ik hou van je'.

Het was bijna zeven uur en het restaurant zat vol. De serveersters waren druk in de weer rond de vierkante tafels en bleven af en toe even hangen om met de vrachtwagenchauffeurs te dollen.

Het vertrek leek hoofdzakelijk gevuld met vrachtwagenchauffeurs, of in elk geval met mannen die petjes en T-shirts droegen en bruine armen hadden van de zon. Ze keken nieuwsgierig op toen wij binnenkwamen en gingen toen weer lustig verder met ontbijten, hun vorken over de borden schrapend en grote slokken koffie drinkend.

'Hé,' zei Kit, 'dat is het meisje dat ons de vorige keer bediende.'

Hij had het over het knappe Mexicaanse meisje met wie hij en Jamie Spaans hadden gesproken. Ze droeg een dienblad met vuile borden naar de keuken.

We gingen bij een van de ramen zitten dat een paar centimeter openstond en uitkeek op het stoffige parkeerterrein. Het landschap zag er hier anders uit. Er stonden meer struiken en groepjes bomen en in de verte zag je de rode strepen van de steile hellingen. We hadden een heel eind langs een hek van prikkeldraad gereden, waarachter het vee stond te grazen.

Vanaf het pompstation dreef de benzinegeur naar binnen. Op de tafel stond een grote fles ketchup en in een servettenhouder zaten twee gekreukelde gele menukaarten van papier.

Het Mexicaanse meisje kwam met een pen in haar hand op ons af en zei met dralende stem: 'Ja? Wat willen jullie bestellen?'

'*Hola, guapa*,' zei Kit nadrukkelijk terwijl hij haar een brede glimlach toewierp. 'Weet je nog wie ik ben?'

Ze lachte terug, knikte en keek naar de deur. '*Hay otro*? Die andere jongen?' Haar stem had een zachte, exotische triller.

Ze wist het dus nog. Het was ook nog maar drie dagen geleden geweest.

'Nee,' zei ik, 'hij is er niet bij.'

Kit bleef haar maar toelachen. 'Deze keer zul je het alleen met mij moeten doen. Denk je dat je dat aankunt?'

Ik kon gewoon niet geloven dat hij voor mijn neus met haar zat te flirten. Ik fronste naar hem, maar de serveerster schoot al in de lach en keek ons daarna vriendelijk aan. 'Goed. Wat willen jullie bestellen?'

Ik zei snel: 'Zou je het erg vinden als ik je iets vraag? Op de dag dat wij hier waren, dat was zaterdag, heb je toen dit meisje gezien?' Ik bladerde onhandig door het schetsblok terwijl Kit zuchtte. 'Is ze misschien hier geweest om te ontbijten of te lunchen?'

De serveerster leek in de war. '*Otra vez*?' zei ze, zich tot Kit wendend. 'Ik begrijp het niet.'

Ik hield de tekening omhoog en toen veranderde de uitdrukking op haar gezicht. Ze keek van Kit naar mij en liep toen abrupt weg.

'Nou, dat ging lekker,' zei Kit. 'Goed gedaan. Ze heeft niet eens onze bestelling opgenomen.'

'Ze had onze bestelling al tien minuten geleden kunnen opnemen als jij niet zo had zitten flirten,' schoot ik uit mijn slof.

'O, doe even rustig. Ik zat helemaal niet te flirten.'

'Ik snap het. Jij zou je hetzelfde hebben gedragen als ze een vent was.'

'Natuurlijk.'

Ik rolde met mijn ogen. 'Misschien ben je echt wel van de verkeerde kant.'

Hij wilde reageren, maar begon toen te lachen. Hij tilde mijn hand op en begon zachtjes met zijn vingers over mijn onderarm te strelen. Ik huiverde.

'Hou daarmee op,' zei ik terwijl ik mijn hand terugtrok. 'Kijk, er komt iemand anders aan.'

Een oudere vrouw met kort grijs haar liep kordaat op onze tafel af. 'Elena zegt dat jullie een vraag hebben.'

Ik knikte en liet haar de tekening zien. 'We vroegen ons af of dit meisje hier is geweest. Of u haar de afgelopen dagen hebt gezien?'

'Waarom wil je dat weten?' vroeg de vrouw koeltjes.

Kit was niet van plan om mee te helpen. Hij ging achterover zitten en keek toe hoe ik mijn best deed om het uit te leggen.

Ik keek naar het gezicht van het meisje op het papier, het donkere gordijn van haar en de grote, starende ogen. Ik haalde diep adem en begon aan mijn uitleg. 'Er was een ongeluk met een auto en dit meisje is, eh, is dood. Niet door het ongeluk – ze was al dood – maar wij hebben haar gevonden. En nu proberen we de politie te helpen.' Ik ging wat meer rechtop zitten. 'We willen ze helpen om haar te identificeren en erachter te komen wat er met haar is gebeurd.'

De uitdrukking op het gezicht van de vrouw veranderde niet. 'De politie is hier al geweest. We hebben ze alles verteld wat we wisten.'

Ik slikte. 'Zou u… het ook aan ons willen vertellen? Hebt u haar gezien?'

De vrouw nam even de tijd voor ze antwoordde. 'Er valt niet veel te vertellen,' zei ze uiteindelijk. 'Dat meisje is hier zaterdag geweest, maar ze kwam in haar eentje binnen en ging in haar eentje weer weg.'

'Echt?' Ik klampte me vast aan het schetsblok. Het was voor het eerst dat ik me haar levend kon voorstellen. Ik stelde me voor dat ze door de deur liep en dat haar lange haar zwaaide. 'Hebt u met haar gesproken? Heeft ze gezegd waar ze vandaan kwam? Of waar ze heen ging?'

De vrouw trok haar mond tot een streep. 'Ik heb je al gezegd dat dit alles is wat we weten. En doe geen moeite om Elena lastig te vallen hierover, snap je dat? Zij heeft er niets mee te maken.'

Ik wierp Kit een blik toe. Wat had dat te betekenen? Hij streek de menukaart glad, vouwde hem dubbel en zei heel eenvoudig: 'We snappen het, we zullen niemand lastigvallen. Maar is dat niet een beetje raar? Dat ze hier in haar eentje binnenkwam? En alleen wegging? Je kunt toch niet beweren dat dit...' hij aarzelde even, 'een toeristische trekpleister is.'

De vrouw nam de menukaart van hem over en duwde hem in de gleuf naast de servetten. 'Ik vind het niet vreemd. We zien hier allerlei mensen komen en gaan waar we niets vanaf weten.'

'Maar als ze geen auto had...' begon ik.

De vrouw richtte zich ineens ongeduldig tot mij. 'Ze was denk ik een lifter. Er zijn veel vrachtwagenchauffeurs die ze meenemen. Ze had een lift gekregen om hier te komen en een om weer te vertrekken. Hebben jullie al besteld?'

'Nee,' zei Kit schaapachtig en hij pakte de menukaart weer. Ik zag dat Elena bij de keukendeur draalde en haar bruine ogen op ons gericht hield.

Zo gauw de vrouw was vertrokken leunde ik over tafel en fluisterde tegen Kit: 'Zie je wel dat ze hier is geweest! Ik wist dat we iets zouden ontdekken.'

'Ja, precies hetzelfde wat de politie ook al weet. Gefeliciteerd!'

'Maar ze is hier in dit restaurant geweest! Misschien heeft ze wel aan deze tafel gezeten. Iemand moet toch iets hebben gezien. Denk je ook niet? Ik bedoel, ik vraag me af welke serveerster haar bestelling heeft opgenomen.'

Kit keek naar Elena. Ze was druk bezig om de toonbank af te nemen en ze bewoog haar arm in snelle rondjes. 'Ik denk dat het wel duidelijk is,' zei hij.

Ik schudde mijn hoofd. 'Elena? Maar waarom zou ze dat niet gewoon zeggen? Is het soms een geheim?'

Hij zat haar nog steeds aan te kijken. 'Ze is hier waarschijnlijk illegaal,' zei hij.

Ik staarde hem aan.

Hij haalde zijn schouders op. 'Het lijkt me duidelijk. Ze spreekt niet goed Engels. Ze is jong. En de eigenaar, als die vrouw dat is, wil niet dat ze met iemand over het dode meisje praat. Vooral niet met de politie.'

'Maar dan…' Ik leunde nog verder over de tafel, 'dan moeten wij met haar praten! Misschien weet ze iets wat ze niet aan de politie heeft verteld.'

Kit schudde zijn hoofd. 'Denk je dat we eerst een ontbijt kunnen bestellen?'

'Oké, oké. Maar ik heb al geen honger meer.'

'Nou, ik wel.'

En daarom ging ik, gefrustreerd, weer gewoon op mijn stoel zitten en bestelden we een ontbijt, maar ik zat voornamelijk het ei op mijn bord heen en weer te schuiven en naar Elena te kijken. Zij bediende ons en ruimde onze tafel af. Kit kreeg af en toe een glimlach, maar ze reageerde niet echt op zijn opmerkingen.

'We moeten haar op de een of andere manier te spreken zien te krijgen,' zei ik toen ze ons uiteindelijk de rekening kwam brengen.

Kit haalde een paar bankbiljetten uit zijn portemonnee. 'Wacht even,' zei hij tegen mij.

Ik keek hoe hij haar bij de arm pakte voor ze weer in de keuken zou verdwijnen. Hij leunde tegen de muur en lachte naar haar. Zij bloosde en liet haar dienblad op de toonbank rusten zodat ze met één hand het wisselgeld kon teruggeven. Maar toen ze in haar schortzak voelde, schudde hij zijn hoofd en hield haar hand tegen.

Het leek of mijn keel werd dichtgeknepen. Maar tegelijkertijd zag ik dat het werkte. Ze luisterde naar hem, verlegen maar geïnteresseerd, terwijl ze nerveus om zich heen keek. Kit liet zijn hoofd zakken en bleef maar tegen haar praten. Ze beet op haar lip en keek op haar horloge, alsof ze iets aan het bedenken was. Toen kwam de grijsharige vrouw door de keukendeur achter ze en daar schrokken ze allebei van. Elena pakte het dienblad op, wierp Kit een snelle blik en een knikje toe en glipte langs hem weg.

Kit slenterde terug naar onze tafel en leek erg met zichzelf in zijn nopjes.

'Wat is er gebeurd?' vroeg ik.

'Ze wil met ons afspreken als ze pauze heeft om tien uur.'

'Echt waar? Dat is geweldig! Dan kunnen we met haar praten.'

'Luister, ik wil het verder aanpakken, goed? Jij bent te... opgewonden. Met jou zal ze niet praten.'

'Hoe bedoel je?'

'Je zult haar afschrikken. Je moet het rustig aan doen.'

'Maar dat kan ik best,' zei ik.

Hij lachte naar me. 'Nee, dat kun je niet.' Hij pakte mijn vingers, bracht ze naar zijn gezicht en wreef ze over zijn wang.

'Je moet je eens scheren,' zei ik.

'Tja, iemand gaf me daar vanochtend de tijd niet voor.'

Op dat moment ging zijn mobiele telefoon af met een lange, schrille trrring die ik al dagen niet had gehoord. Het duurde een paar seconden voor we het herkenden. Toen liet Kit mijn hand vallen – zoals je kleingeld op een tafel laat vallen – en begon in zijn zakken te zoeken.

'Hallo? Hé, Jamie. Hoe gaat het?'

Ik verstrakte.

'Ja, sorry daarvoor. We zijn in Kilmore.'

Kit verschoof zijn stoel en gaf me een betekenisvolle blik.

'Nou, het was Lucy's idee. Moet je maar met haar bespreken.'

Ik nam de telefoon en hield die dicht tegen mijn oor. 'Jamie?'

Hij klonk gehaast. 'Luce, wat ben je in godsnaam aan het doen? Waarom ben je weggegaan? Mama wordt gek als ze erachter komt dat je niet meer hier bent. En zouden we niet naar papa gaan? Jullie moeten onmiddellijk terugkomen.'

'Nee,' zei ik duidelijk.

'Hoe bedoel je "nee"? Je hebt verdomme de auto meegenomen. Wat is er aan de hand?'

Ik slikte. 'We zijn aan het proberen te achterhalen wat er met het meisje is gebeurd. En Jamie, moet je horen. We zijn nu in het restaurant waar we onderweg ook zijn gestopt, weet je nog? Waar jij en Kit Spaans spraken met de serveerster. En het blijkt dat het meisje hier ook is geweest! Op zaterdag.'

Jamie klonk ongeduldig. 'Dan moet je de politie bellen en ze dat vertellen. Maar je moet terugkomen. En waarom rijdt Kit met jou door de hele staat? Hoe heb je hem ooit zover gekregen?' Ik hoorde de verbazing in zijn stem. Ik dacht aan afgelopen nacht in de studeerkamer.

'We komen snel terug,' beloofde ik. 'Zeg niks tegen mam. We zijn over een paar dagen terug. Jij moet ons dekken.'

'Dekken? Ben je gek geworden? Wat moet ik dan zeggen?'

Ik voelde boosheid opkomen. 'Zeg maar wat je eigenlijk tegen haar moet zeggen. Vertel haar de reden maar waarom we langer zijn gebleven.'

'Luce.' Hij klonk verrast en gekwetst.

'Luister, laat ons nou kijken wat we nog kunnen ontdekken, goed?'

'Geef Kit nog eens terug.'

'We moeten gaan,' zei ik. 'Dag.' Ik zette de telefoon uit en gaf hem aan Kit. 'Hij moet uit blijven, want we zitten in een restaurant.'

Hij knikte en zijn lippen krulde. 'Ja, het restaurant. Hij was wel erg boos.'

'Nou en? Ik ben ook boos op hem.'

'We hebben in elk geval weer bereik,' zei Kit. 'Alsof we weer terug zijn in de bewoonde wereld.'

We staarden allebei uit het raam, naar het stoffige parkeerterrein, die treurige verzameling gebouwen en de smalle weg die door het dorre land liep.

'Wat gaan we nu doen?' vroeg ik.

'Wachten tot het tien uur is,' zei Kit.

25

Om tien uur zagen we dat Elena haar tas van achter de toonbank vandaan haalde en naar een pakje sigaretten zocht. Ze sloeg haar tas over haar schouder, keek onze kant op en liep toen door de achterdeur van het restaurant naar buiten.

Even later gingen Kit en ik achter haar aan. Ze liep naar de zijkant van het gebouw, een lange witte muur waar de roestige uitgang van een airconditioner doorheen stak. Elena zette haar tas erbovenop en hees vervolgens zichzelf erop. Ze keek onze kant op toen we haar naderden.

'Roken?' vroeg ze aan Kit terwijl ze een sigaret uit haar pakje schudde. Hij pakte eerst de sigaret en toen haar aansteker, die hij ervaren aanstak waardoor de blauwe vlam tussen ze in scheen. Ze bogen allebei hun hoofd omlaag. Ik stond opzij te wachten.

Elena trok een mooi kammetje met bloemen erop uit haar haren die ze op haar schouders losschudde. Ze lachte tegen Kit. '*Qué pasa*? Wat wil je weten?' zei ze met haar zachte stem.

Kit leunde tegen de airconditioner. 'Alles wat jij je van het meisje kunt herinneren,' zei hij, terug lachend. 'Je zei dat ze zaterdag hier was. Was er iemand bij haar?'

Elena schudde haar hoofd. 'Nee. *Sola*. Ik praat een beetje met haar.'

'Echt waar?' Ik kwam wat dichterbij staan, ik kon er niets aan doen. 'Wat zei ze?'

Kit keek me fronsend aan, maar Elena wendde zich tot mij. 'Ze wou een lift.'

'Waarheen?'

Elena tikte haar sigaret af tegen de zijkant van de aircondi-tioner en daardoor viel er een regen van as op de grond. 'Albu-querque.'

Kit blies een rookwolk uit die opkringelde in de lucht. 'Kreeg ze die ook?'

Elena keek van Kit naar mij en knikte langzaam. '*Si.*'

Kit boog zich naar haar toe en raakte haar bijna aan. 'Alles wat jij je kunt herinneren,' zei hij, 'zou kunnen helpen, snap je? We zullen het aan niemand doorvertellen.'

'De man in de blauwe vrachtwagen,' zei ze. 'Hij neemt haar mee.'

'Welke man?' vroeg ik. 'Was het iemand die je kent?'

Weer knikte ze, maar nauwelijks merkbaar. Ik zag dat haar ge-zicht verstrakte. Ze frummelde wat met het houten kammetje en hield haar ogen daar ook op gericht.

'Elena,' zei Kit, 'wie is hij? Hoe heet hij?'

'*No sé,*' zei ze. 'Ik weet geen naam.'

Ik wipte ongeduldig op mijn tenen. 'Maar hij is hier al eerder geweest? Komt hij uit de buurt?'

Ze keek naar haar horloge, gleed van de airconditioner af en liet haar sigaret op de grond vallen. Ze trapte hem uit en wendde zich tot Kit. 'Hij komt hier vaak. Elke dag. Hij heeft een blauwe vrachtwagen,' zei ze weer.

'Bedankt,' zei Kit. Hij raakte haar schouder aan. 'Bedankt dat je het ons hebt verteld.'

Ze keek hem onzeker aan en liep toen naar de deur van het restaurant.

'Nou, dat was vreemd,' zei ik tegen Kit.

Hij haalde zijn schouders op. 'Ik weet het niet. Ze spreekt slecht Engels. Misschien lijkt het daardoor wel vreemd.'

'Maar het klonk alsof ze die vent kent.'

Hij knikte. 'Of hem in elk geval herkende.'

We liepen terug naar de auto. Kit haalde zijn telefoon tevoorschijn en zette hem weer aan. 'Zullen we even kijken wat Jamie nog te zeggen had?' zei hij. Hij luisterde grijnzend naar de berichten en ik kon vaag Jamies stem horen die scherp en indringend klonk.

'Kom mee,' zei ik terwijl ik hem aan zijn mouw trok. 'Daar hebben we geen tijd voor. We moeten nadenken over wat we nu gaan doen.'

'Hoe bedoel je? We zijn klaar. We bellen de politie om te vertellen dat het iemand met een blauwe vrachtwagen was. Laten zij maar uitzoeken wie het is.'

Kit deed het portier van de auto voor me open en ik stapte in. Ik gaf een gil omdat de stoel zo heet was.

'Dat kunnen we niet doen,' zei ik. 'Dan gaan ze vragen hoe wij dat weten en je hebt zelf gezegd dat Elena niet met ze wil praten. Niet als ze geen verblijfsvergunning heeft.'

Kit keek omlaag naar mij. 'Luce, kom op nou. We kunnen niets meer doen. Hoe moeten we een of andere vent met een blauwe vrachtwagen vinden? Dat zijn er duizenden. En dan nog iets: wat doen we als we hem hebben gevonden? Ik snap het niet. Ik begrijp niet wat je nou wilt.'

'Ik wil weten wat er met dat meisje is gebeurd,' zei ik zacht.

'Dat weten we toch? Ze is dood.'

'Maar…' Hoe kon ik het uitleggen? 'Kit, luister. Er is meer. Ik weet het. Als die vent hier uit de buurt komt, als hij hier elke dag komt, nou, dan kunnen we…'

Kit sloeg met zijn hand op het dak van de auto. 'Dan kunnen we wat? Ik bedoel, Luce, wat denk je dat we kunnen doen? Hem vinden en hem in elkaar slaan om informatie uit hem te krijgen? Het is gewoon een of andere kerel. Hij heeft niets gedaan.'

Ik keek hem aan. 'Hij heeft haar daar achtergelaten.'

'Maar je hebt toch gehoord wat de politie zei. Ze was al dood. Je doet net of het om moord gaat.'

Ik zoog de lucht in en drukte mijn schetsblok tegen mijn borst. 'Nee,' zei ik, 'niet moord. Maar er is wel iets aan de hand. Hij heeft haar achtergelaten.'

'Ze was al dood,' zei Kit weer.

Ik staarde hem aan en ondanks de hitte voelde ik een koude rilling over mijn rug gaan.

Precies op dat moment ging de telefoon. 'Daar zul je het hebben. Jamie is op oorlogspad,' zei Kit en hij bracht de telefoon snel naar zijn oor. 'Hé, man.' Ik zag zijn gezicht veranderen. Hij draaide zich om en dekte de telefoon met één hand af. 'O, hé. Hé, Lara.'

Lara Fitzpatrick was de secretaresse van de leerlingenraad. Knap, slim, aardig. Zelfs aardig tegen onderbouwers. Ginny en ik hadden haar vorige maand geïnterviewd voor de schoolkrant over de plannen voor het schoolfeest en na afloop had ze gezegd dat wij ook moesten komen. Dat we ons door een jongen uit de bovenbouw moesten laten uitnodigen omdat wij te goed waren voor de onderbouwers.

Ik keek hoe hij van de auto wegliep. Waarom belde ze hem? En waarom klonk zijn stem zo gretig, zo heel anders? Hij stond met zijn rug naar me toe. 'Ik dacht dat je in Chicago zat. O. Echt? O, oké. Ja, dat spijt me. We hadden geen bereik en daarom heb ik mijn berichten niet kunnen checken. Hoe gaat het met je?' Hij bleef doorlopen en was bijna buiten gehoorsafstand. Hij drukte de telefoon tegen zijn wang. 'Ik heb aan je gedacht.'

Ik keek hoe hij steeds verder van me af liep. Hij haalde zijn hand door zijn haar terwijl hij sprak.

'Ik weet het, dat heb ik ook. Ja, ik ook.'

Zijn stem was zachter. Ik verstond niet wat hij zei. Ik stapte uit de auto.

'Ja, dat waren we ook van plan. Maar we hebben een aanrijding gehad. Nee, ik heb niks, het was niet ernstig. Het was een beest of zoiets. Maar we dachten... nou ja, dat is een beetje een lang verhaal.' Hij liep over het parkeerterrein en vertelde haar wat er was gebeurd. Ik volgde hem.

'Dat is dus de reden dat we nog steeds hier zijn. We zitten nu ergens bij Kilmore. Ik moest Luce erheen rijden, je weet wel, Jamies zus. Ja.' Hij lachte. 'Ja, dat is ze ook.'

Wat was ik? Mijn maag draaide zich om. Ik stond stilletjes achter hem en staarde naar de achterkant van zijn hoofd, naar de ontspannen golving van zijn schouders.

Zijn stem had iets teders, iets wat ik nog niet eerder had gehoord. 'Het is helemaal niet leuk zonder jou. Ik mis je.'

Dat was dus de reden. Kit en Lara Fitzpatrick. Hoe had ik zo stom kunnen zijn? Hoe had ik ooit kunnen denken dat hij me leuk vond?

Hij hield de telefoon nu met twee handen vast. 'Ik mis je echt heel erg. Ik denk de hele tijd aan je.'

Ik moest denken aan hoe hij me gekust had, die eerste keer op de veranda, daarna in de auto. En de andere keren. Bij Beth, in de auto… Ik kon er niet meer naar luisteren. Ik ging pal voor hem staan en graaide de telefoon uit zijn handen. Hij deinsde met opengesperde ogen terug en ik zag van alles langskomen in zijn blik, verbazing, protest en toen spijt.

'Luce,' zei hij.

Ik hoorde Lara's stem. 'Kit? Kit?'

Ik bracht de telefoon naar mijn oor. 'Zijn echte naam is Frederick,' zei ik.

Ik schakelde het ding uit en gooide het terug naar Kit, richting zijn borst. Hij tilde zijn handen op om de telefoon te vangen en ik liep weg voor hij iets kon zeggen.

26

Ik draaide me niet om om te kijken of hij me volgde. Ik liep
zo snel als ik kon. Langs de glimmende zijkanten van de grote
vrachtwagens, langs het restaurant, langs de auto. Ik liep terug
zoals we waren gekomen, op de vluchtstrook naar het land erachter. Het was natuurlijk stom. Er was niets die kant op. Ik had
de kant van de stad op moeten lopen, maar ik dacht niet na en
tegen de tijd dat het tot me doordrong, kon ik al niet meer omkeren. Ik wilde Kit zo ver mogelijk achter me laten.

Het had allemaal niets te betekenen gehad voor hem. Niets
van alles wat er was gebeurd. Waarom had ik ooit gedacht van
wel? Hij was nog steeds dezelfde als altijd en het enige verrassende van het telefoongesprek was dat het ging om Lara Fitzpatrick, die veel te aardig was voor iemand als Kit.

Maar als ze zijn vriendin was, waarom had hij het dan nooit
over haar? Onderweg hadden Jamie en hij het ene na het andere
meisje besproken, maar ik kon me niet herinneren dat hij haar
naam één keer had genoemd. Ook al had ik er niet echt naar
geluisterd. Dat was op zaterdag, toen het me allemaal nog niets
kon schelen. Het leek zo lang geleden. Ik had gewoon aange-
nomen dat hij geen vriendin had. Maar een jongen als Kit had

altijd wel ergens een vriendin zitten.

Het was bloedheet. De warme lucht kringelde in de verte boven de weg en het asfalt glom als een rivier. Ik voelde de zon branden op mijn hoofd, dwars door mijn haar heen als een gloeiende pook.

Ik hoorde een auto naderen. Ik keek achterom en zag dat Kit over de weg gleed en vaart minderde toen hij vlakbij was. Door het draaien van de wielen stoven de kiezelstenen op.

Hij had zijn arm uit het raam gehangen en streek met zijn vingers over het portier. 'Dat was een goeie zet,' zei hij, 'dat je haar mijn echte naam hebt verteld.'

Ik bleef doorlopen en keek hem niet aan.

'Kom op, Luce. Niet boos zijn.' Hij reed met me op. 'Ik bedoel, wat had je verwacht? Dacht je echt dat wij…' Zeg het niet, dacht ik. Maak het niet nog erger.

'Je dacht toch niet echt dat wij nu verkering hebben?' Zijn stem klonk vol verbazing. 'Je zit in de onderbouw. Je bent verdomme Jamies zus.'

Hij stak zijn arm uit om die van mij aan te raken, maar ik deinsde terug en stapte van de vluchtstrook op de harde, rode grond.

'Hé, waar ga je naartoe?' riep hij. 'Er is daar helemaal niks. Je had beter de andere kant op kunnen lopen.' Ik hoorde de lach in zijn stem en daar werd ik nog bozer van. Ik begon te rennen.

De auto rolde achter me aan. 'Nou, wat wordt het? Zeg je nu nooit meer iets tegen me? Kom op. Wil je alsjeblieft instappen?'

In de verte zag ik een auto op ons af komen. Hij toeterde.

Kit zuchtte. 'Stap je nou nog in of hoe zit het?'

Ik gaf geen antwoord. De andere auto kwam dichterbij en bleef maar toeteren.

'Weet je wat? Ik doe hier niet meer aan mee. Zoek het zelf maar uit.' Kit gaf gas en ging van de vluchtstrook weer op de rechter-rijbaan rijden. Ik zag hoe hij voor me uit schoot en toen keerde om terug naar de stad te rijden.

Ik bleef lopen. Ik tilde met een hand mijn haar uit mijn nek en trok mijn shirt van mijn plakkerige huid. Boven me was de lucht strakblauw. Soms denderde er een grote vrachtwagen langs en een keer toeterde er een chauffeur naar me en stak hij zijn hand op. Daarna was het weer stil. Geen auto's, geen huizen, geen mensen. Alleen wat vee dat verderop op het land stond te grazen.

Van dichtbij zag ik dat het hier helemaal niet leeg was. Overal lagen keien, stonden er groengrijze struiken en af en toe een dorre, verdraaide boomstronk. Salamanders gleden over het zand en schoten onder stenen. Vogels hopten van struik naar struik onder schril getjilp. Er ruiste iets onder een kei en ik zag een dunne staart die op de grond sloeg.

Ik liep door. Het gedachteloze ervan was op de een of andere manier troostend. Ik had het zo ontzettend warm en ik was zo moe dat ik niet eens meer aan Kit kon denken. Zweetdruppels gleden langs mijn wangen via mijn nek in mijn shirt. Ik duwde mijn haar achter mijn oren. Mijn keel was droog. Mijn ogen prikten door de glinsterende weerkaatsing van de weg.

Uiteindelijk stopte ik met lopen. Ik ging even op mijn hurken zitten om uit te rusten. Ik kon net zo goed omkeren. Het was nog een lange wandeling terug naar Kilmore.

Ik hoorde in de verte het geluid van een motor en ik keek op. Ik zag iets op me af komen. Het was een auto... nee, het was een vrachtwagen. Maar niet een hele grote. Ik kneep mijn ogen half dicht. Hij was blauw.

Een blauwe vrachtwagen.

Mijn adem stokte in mijn keel. Oké, dacht ik. Er zijn zoveel blauwe vrachtwagens. Maar ze zei dat hij uit de buurt kwam. Ze zei dat hij elke dag naar het restaurant kwam.

Ik keek achter me. De weg was verlaten. Overal om me heen zoemde en fluisterde het gras. Ik was alleen.

De vrachtwagen kwam dichterbij. Het was te laat om nog iets te doen. Ik stapte van de weg af en stond in het zand. Dit slaat nergens op, dacht ik. Het is gewoon iemand die op weg is naar Kilmore.

Maar de vrachtwagen minderde vaart. Hij remde met veel lawaai en zette hem op twintig meter afstand van mij stil op de vluchtstrook. De metalen grille flitste in het zonlicht. Mijn hart klopte in mijn keel. Ik zag alleen het donkere silhouet van de chauffeur, maar niet zijn gezicht. Ik stond er stil naar te kijken. Ik wist niet wat ik moest doen. Het was te laat om weg te rennen of me te verstoppen. Ik balde mijn handen tot een vuist en wachtte af.

Het portier zwaaide open. 'Heb je een lift nodig?'

Hij had een hoge stem, die meer bij iemand leek te passen die kleiner was dan de man die nu uit de vrachtwagen stapte. Hij was lang en zwaargebouwd, had kort grijzend haar en een zwarte pet met klep op die een schaduw op zijn gezicht wierp. Ik kon zijn ogen niet zien.

'Waar ga je heen?' Hij stond naast de vrachtwagen en liet een hand op het portier rusten.

Ik slikte. 'Ik was gewoon aan het wandelen.'

Ik zag dat zijn hand van het portier gleed, losjes maar vastberaden. Hij deed een stap in mijn richting. 'Het is veel te heet om te wandelen.'

'Het valt best mee,' zei ik snel. Mijn hart klopte nu in mijn oren. Ik deed een stap achteruit.

Hij wierp een blik achterom en tuurde toen over mijn schouder de verte in. 'Wat doe je hier eigenlijk?'

'Gewoon, wandelen,' zei ik weer. 'Ik… ik wilde net teruggaan.'

'Terug naar Kilmore?'

Ik knikte.

'Daar ga ik ook naartoe. Ik geef je wel een lift.' Hij gebaarde naar de vrachtwagen en ik deed nog een stap achteruit omdat ik niet wist wat ik moest doen.

'Nee, dat hoeft niet. Ik ga liever lopen.'

Hij was nu maar op een paar armlengtes afstand van me gekomen. Ik keek op naar zijn gezicht en zag dat hij kleine, fletse, melkblauwe ogen had. Ik hoorde het lage gebrom van de motor. Hij glimlachte, maar zijn ogen lachten niet mee. 'Kom op,' zei hij. 'Wil je geen lift?'

Ineens zag ik het gezicht van het meisje voor me dat nat van de regen was. Help, dacht ik.

En toen veranderde de uitdrukking op zijn gezicht. Hij fronste en keek langs me heen. Ik draaide me om en zag dat er een auto aankwam. Hij was nog klein, zo in de verte, maar werd langzaam groter tot ik de bekende roestbruine kleur zag die bijna hetzelfde was als de aarde op de grond.

Kit.

'Dat is mijn vriendje,' zei ik snel en ik keerde me van hem af. Ik begon te rennen, mijn voeten stampend op de kiezelstenen, en was half in de verwachting dat hij achter me aan zou komen, al wist ik dat hij dat niet zou doen met Kit erbij.

'Kit!' schreeuwde ik met mijn armen zwaaiend. 'Kit!'

Kit stopte aan de overkant van de weg en deed zijn raam omlaag. 'Praat je weer met me?'

Ik stak de weg over, wierp me op zijn portier en pakte het slot vast.

Kit keek naar de man. 'Hé,' zei hij.

'Hoe gaat ie?' zei de man met zijn vlakke stem. 'Het is te warm voor een wandeling. Dat kun je beter niet doen als het zo warm is als nu. Mensen krijgen een zonnesteek, weet je. Gaan eraan dood.'

'Echt?' Kit keek naar mij en liet zijn blik vragend over mijn gezicht glijden. 'Ik zeg haar wel dat ze voorzichtiger moet zijn.' Hij haalde zijn schouders op. 'Maar ze wil nooit naar mij luisteren.'

'Dat willen ze nooit,' zei de man met vertrokken mond. Hij liep terug naar zijn vrachtwagen.

Kit wendde zich tot mij. 'Gaat het?'

Ik knikte en knipperde om mijn tranen tegen te houden. Mijn armen trilden zo erg dat ik ze hard tegen mijn buik aan moest drukken om ze stil te krijgen.

'Wat is er gebeurd?' Zijn stem klonk bezorgd. 'Heeft hij iets met je gedaan?'

Ik schudde mijn hoofd.

De vrachtwagen ging de weg weer op en de man keek me recht aan toen hij langsreed. Zijn fletse ogen waren uitdrukkingsloos.

'Hé,' zei Kit. 'Een blauwe vrachtwagen.'

27

'Dat was hem, dat was hem, dat was hem.' Ik wiegde heen en weer, mezelf vasthoudend.

Kit legde zijn hand op mijn schouder. Ik kromp ineen omdat ik niet wilde dat hij me aanraakte, maar tegelijkertijd wilde ik niets liever dan dat. Het gewicht op mijn schouder kalmeerde me. Ik probeerde niet meer te trillen.

'Hé,' zei hij, 'het is al goed. Wat is er allemaal gebeurd?'

Ik slikte. 'Hij vroeg me of ik een lift wilde.'

'Ja, het is ook bloedheet buiten.'

Ik keek hem aan. 'Zo bedoelde hij het niet. Hij wilde mij in zijn vrachtwagen hebben.' Ik rilde en Kit liet zijn hand langs mijn arm glijden en pakte toen mijn elleboog beet.

'Luce,' zei hij zachtjes, 'misschien wilde hij je gewoon een lift aanbieden. Je hoorde toch wat hij zei? Dat mensen in dit weer snel een zonnesteek krijgen?'

'Zo bedoelde hij het niet.'

'Hoe weet je dat?'

Ik haalde zijn hand van mijn arm, ging wat rechterop zitten en dwong mezelf rustig te worden. 'Ik voelde het gewoon.'

Kit zei even niets meer. 'Iedereen die hier uit de buurt komt heeft een vrachtwagen. En daar zullen heel wat blauwe tussen zitten.'

Ik draaide op mijn stoel om hem aan te kijken. 'Kit, het was hem. Ik wéét het.'

Kit hield zijn ogen op de weg gericht. Hij zuchtte diep en knikte toen langzaam. 'Goed dan,' zei hij. 'Goed dan.' Hij legde zijn hand weer op mijn schouder en deze keer wreef hij met zijn vingers over de achterkant van mijn nek.

'Doe dat niet,' zei ik, 'ik meen het.'

Hij haalde zijn hand weg, maar ik voelde zijn aanrakingen nog natintelen.

'Maar wat wil je nu doen?' vroeg hij. 'Wil je de politie bellen?'

Ik beet op mijn onderlip. 'Wat moeten we tegen ze zeggen?'

We naderden Kilmore en reden langs het restaurant. Ik schoot naar voren. De blauwe vrachtwagen stond voor de deur geparkeerd. 'Kijk! Daar staat ie!' Ik draaide me naar Kit toe. 'Snel, zet de auto daar neer.'

Kit reed het parkeerterrein op en zette de auto stil. 'Oké, Luce. Wat nu?' Hij keek naar mij en schudde zijn hoofd. 'Stel dat het hem is. Hoe wil je dat dan bewijzen? Denk je dat je gewoon op hem kunt afstappen om het hem te vragen?'

Ik zette mijn voeten op de stoel en liet mijn gezicht op mijn knieën rusten. Hij had gelijk. Hoe konden we iets bewijzen? En wat had die man precies gedaan? Hij had een meisje op de weg achtergelaten, maar ze was toen al dood. Was dat een misdaad? Dat moest toch haast wel?

Ik dacht aan zijn stem: Wil je een lift? Had hij dat ook aan haar gevraagd?

Ik wreef over mijn voorhoofd. 'Luister, ik weet dat het hem is. We hebben gewoon een reden nodig dat de politie hem kan... je weet wel... verhoren.' Ik staarde naar de blauwe vrachtwagen. Als het meisje erin had gezeten, had ze misschien wel iets achtergelaten. 'Laten we zijn vrachtwagen doorzoeken.'

Kit tilde zijn wenkbrauw op. 'Waar zijn we dan naar op zoek?'

'Ik weet het niet.'

'Wil je er gewoon heen lopen en zijn vrachtwagen doorzoeken?'

'Ja.'

'Dat is echt een stom idee. En nog strafbaar ook.'

Ik keek hem fronsend aan. 'Dat vind jij toch leuk? Heb je niet zelf gezegd dat alles wat strafbaar is, leuk is?'

'Goed, maar ik had ongelijk. Want dit is niet leuk, waarschijnlijk strafbaar en totaal zinloos.'

Ik bleef naar de vrachtwagen kijken. Ze had erin gezeten, ik wist het. Misschien was het wel de laatste plek geweest waar ze in leven was geweest. 'Ik ga het toch doen.'

'Ga je gang maar.'

'Ga je mee?'

'Nee.'

Ik stapte uit en sloeg het portier met een klap dicht. De ramen van het restaurant keken niet allemaal uit op het pompstation. Vanaf de tafels in de hoek kon je dit deel van het parkeerterrein zien, maar niet erg makkelijk. Ik hield een hand boven mijn ogen om te zien wie er aan de tafeltjes zaten, maar de zon scheen te fel. In de ramen was de weerspiegeling van de weg, het motel aan de overkant en de reuzecactus te zien.

Ik liep naar de blauwe vrachtwagen. Ik kon bijna niet geloven wat ik aan het doen was. Wat zou ik doen als hij op slot zat? Maar nee, hij ging meteen bij de eerste poging open. Ik keek om me heen om er zeker van te zijn dat niemand me zag en toen glipte ik naar binnen.

In de cabine hing een muffe geur, van oud voedsel. Het tapijt zat vol vlekken en was bezaaid met troep: twee bierflesjes, een ingedeukt colablikje, een halve zak chips. Ik wierp af en toe een blik op de deur van het restaurant. Er ging niemand naar binnen en er kwam niemand uit. Het was stil op het parkeerterrein dat lag te bakken in de zon.

Ik ging op mijn knieën zitten om tussen de stoelen te kijken. Ik vond een pen, wat kleingeld en een opgevouwen krant. Ik klapte het zonneschermpje naar beneden en vond er een zonnebril achter.

Waar was ik naar op zoek? Ik wist het zelf niet. Een aanwijzing dat het meisje hier was geweest, op deze stoel had gezeten op de dag dat ze overleed. Maar het was allemaal zo normaal. Iedereen had dit soort troep in zijn auto liggen.

Ik deed het handschoenenvak open en haalde er een stapel papieren eruit. De meeste hadden met de wagen te maken; er zaten een handleiding en een verzekeringsbewijs tussen. Daar stond een naam en een adres op. *Wesley Wicker, R.R. Brick Road 4420, VII, Castle, NM.*

'Hoi.' Ik hoorde Kits stem op het parkeerterrein, en hij klonk nogal luid. Ik schoot overeind en zag de man – de man! – het restaurant uit komen. Ik dook weg en probeerde de papieren terug te stoppen. Mijn vingers trilden en bijna liet ik alles vallen.

'Heb je mijn vriendin binnen gezien?' vroeg Kit. 'Ik ben haar alweer kwijt.'

Ik hield mijn adem in en duwde het portier centimeter voor centimeter open. Ik wurmde me eruit en hurkte naast de vrachtwagen neer.

'Nee, ik heb haar niet gezien.' Hij lachte kort door zijn neus. 'Dit is er een om goed in de gaten te houden.' Ik duwde het portier zo zacht als ik kon dicht.

'Ja, nou, toch bedankt.'

Nog steeds gehurkt rende ik voorbij twee andere auto's en sloeg de hoek van het gebouw om. Wicker, 4420, VII, Brick Castle bleef ik in mezelf herhalen.

Ik ging met mijn rug tegen de muur staan en probeerde op adem te komen. Even later kwam Kit vloekend de hoek om.

'Sorry,' zei ik beduusd.

'Wat gaan we nu doen? Want, weet je, die vent is echt een engerd en ik loop hem liever niet nog een keer tegen het lijf.'

'Ik heb zijn adres,' zei ik.

'Geweldig. Stuur hem een kaartje. Kunnen we nu gaan?'

'Ik wil naar zijn huis gaan.'

Kit pakte me bij mijn schouders en trok me weg bij de muur. 'Zet dat maar uit je hoofd! Luce, luister naar me. We gaan niet naar zijn huis. Ik weet niet wat hij voor figuur is. Misschien is hij wel de vent die dat meisje heeft gedumpt, misschien niet. Maar hij spoort niet helemaal. We gaan dat dus niet doen.'

Ik wurmde me los uit zijn greep en begon terug te lopen naar de auto. 'Luister, je hebt gelijk, ik moet voorzichtiger zijn,' zei ik. 'Ik had niet in zijn vrachtwagen moeten rondneuzen, niet als hij me gemakkelijk kan betrappen.'

Ik stopte om op hem te wachten, maar hij bleef met een boos gezicht staan waar hij stond. 'Kit, toe. Luister nou even naar me. De politie had toch geen enkel identificatiebewijs gevonden? Geen handtas, geen portemonnee. Dus iemand heeft dat waarschijnlijk meegenomen. Iemand heeft het gestolen. En als die vent de laatste was die bij haar was – de laatste die haar levend heeft gezien – heeft hij dat misschien wel gedaan.'

'Misschien wel, ja. Maar weet je? Misschien zullen we daar nooit achter komen.'

Ik knikte langzaam. 'Maar we moeten het uitzoeken. Ik tenminste.'

'Waarom?'

Ik liep terug, ging voor hem staan en keek hem recht in de ogen. 'Ik weet het niet. Het is gewoon zo.'

Hij staarde me met een gefrustreerd gezicht aan. Toen veranderde zijn uitdrukking en heel voorzichtig pakte hij een lok van mijn haar en duwde die achter mijn oor. 'Ik snap gewoon niet waarom dit zo belangrijk voor je is.'

Ik draaide me om. 'Nou, ik snap gewoon niet waarom jij het zo belangrijk vond om mij te kussen als Lara Fitzpatrick je vriendin is.'

'Ik was niet de enige die kuste. Of ben je dat soms vergeten?'

'Ik doe mijn best om het te vergeten.'

Ik liep naar de auto, maar bleef met mijn hand op de deurknop staan en vroeg aarzelend: 'Wil je me er dan naartoe brengen? Naar zijn huis, bedoel ik?'

Kit deed het portier open en stapte in de auto. Hij legde zijn handen op het stuur en keek naar het stoffige parkeerterrein. 'En als zijn huis nou op slot is?'

'Vast niet,' zei ik. 'Zijn vrachtwagen was ook niet op slot.'

'Maar daar heb je niets gevonden.'

'Nee.'

'Waarom denk je in zijn huis wel iets te vinden?'

Ik gaf geen antwoord. Ik keek naar zijn profiel. Zijn kaak was afwisselend gespannen en ontspannen.

'Als we naar zijn huis gaan, is het daarna afgelopen,' zei hij.

'Wat er ook gebeurt. Als we iets vinden, gaan we meteen naar de politie. Vinden we niks, dan is het klaar. Oké? Dan gaan we terug naar Beth.'

'Goed,' zei ik.

'Ik meen het.'

'Ik zei toch goed.'

Ik pakte mijn schetsblok van de achterbank en scheurde er een blaadje uit. Bovenaan schreef ik: *Wicker, R.R. Brick Road 4420 #7, Castle, NM.*

28

'Waar gaan we naartoe?' vroeg Kit.

'We moeten naar Castle,' zei ik. Ik viste de kaart uit een zijvak van het portier en vouwde hem op mijn schoot open. Dit deel van de staat was een leeg, geel vierkant dat door een stuk of zes dunne lijnen, de enige wegen, werd doorkruist. Castle moest in de buurt van een van die wegen liggen. Ik probeerde de namen op de kaart te lezen. Tucumcara. Conchas. Mosquero. Het had net zo goed een ander land kunnen zijn.

'Hier ligt het,' zei ik tegen Kit. 'Ten oosten van hier. Ongeveer dertig kilometer verderop.'

We namen de afslag naar een andere snelweg. Kilomore verdween achter ons in de verte. De opvallende neoncactus zag er van deze afstand goedkoop en breekbaar uit. We reden langs een stacaravan waar was te drogen hing aan een slappe waslijn. We passeerden een huis met een vervallen kippenren met vier grijze hennen erin, die op de droge grond stonden te pikken.

'Denk je dat dit nog steeds bij Kilmore hoort?' vroeg ik.

'Ja,' zei Kit, 'de voorsteden.'

Toen werden we omringd door leegte.

De dertig kilometer waren zo afgelegd, vergeleken met de

lange tocht van die ochtend. Al snel naderden we een pompstation. Er hing een bord naast met daarop: CASTLE BENZINE EN SERVICE.

'Hoe heet de straat waar die vent woont?' vroeg Kit terwijl hij het pompstation op reed. Er kwam een kromgebogen man in een blauwe overall het gebouwtje uit en hij liep op Kit af.

'Kunt u hem volgooien met ongelood?' vroeg Kit aan de man. 'En we zijn op zoek naar een straat...' Hij wendde zich tot mij.

'De Brick Road,' zei ik. 'En er stond nog iets. R.R. 7. Weet u wat dat betekent?'

De man schuifelde naar de pomp en negeerde mijn vraag. Toen hij terugkwam bij Kits raam trok hij aan zijn onderlip, waardoor we een rij scheve, gele tanden te zien kregen. 'Rural Road 7. Brick Road. Een en hetzelfde. Je moet de eerste weg naar rechts nemen.'

'Bedankt,' zei Kit en hij betaalde hem.

'Het is een ongeasfalteerde weg,' riep hij ons na toen we wegreden.

De eerste weg rechts lag kilometers verderop en het bleek een hobbelige landweg te zijn die in bochten omlaag liep.

Kit schudde zijn hoofd. 'Moet je dit nou zien. Castle. Waar staat het kasteel? En waar staat die verdomde afgetrapte schuur? Er is hier verder niks.'

'Het huisnummer is 4420.'

'Ik heb zo'n gevoel dat we het niet over het hoofd kunnen zien,' zei Kit.

We stoven over de weg en lieten stofwolken achter.

'Wat doen we als hij op weg naar huis is?' vroeg Kit. 'Hij ging al weg uit het restaurant. Hij zou hier elk moment kunnen zijn.'

'Ja,' zei ik, starend naar mijn schoot.

Voor ons stond een stacaravan. Ik leunde naar voren. 'Kijk, daar is het.' Maar het bleek nummer 4460 te zijn. 'We zitten wel in de buurt.' Ik keek van opzij naar Kit. Hij fronste geïrriteerd.

We passeerden nog drie huizen op een klein stuk grond en toen strekte de saaie weg zich weer voor ons uit. Op een heuveltje, zag ik een wit huis dat werd geflankeerd door buitengebouwen: een schuur en een soort garage. 'Dat is het,' zei ik. Geen blauwe vrachtwagen. Er stond een scheve, metalen brievenbus met daarop het nummer 4420. Kit reed de oprit op.

Kit zette de motor af en we keken even om ons heen.

'Kijk, er is niemand,' zei ik.

'Weet je het zeker? En de garage dan?'

Ik schudde mijn hoofd. 'Daar staan alleen maar spullen in. Hij is er niet.'

'Oké, maar we blijven niet lang. Heb je dat goed begrepen?'

'Behandel me niet steeds alsof ik zes ben,' viel ik tegen hem uit.

'Daar hou ik pas mee op als jij verstandiger wordt.'

We liepen de trappetjes op naar de voordeur. Ik stak mijn hand uit naar de deurknop, maar Kit hield me tegen. 'Je kunt beter kloppen,' zei hij, 'stel je voor dat er iemand thuis is?'

Daar had ik niet aan gedacht. Stel dat hij er niet alleen woonde? Maar wat zouden we dan zeggen? 'Dan zeggen we dat we de weg kwijt zijn,' zei Kit voor ik mijn mond open kon doen.

'Het klinkt alsof je dit eerder hebt gedaan,' zei ik. Ik klopte op de deur. We wachtten en luisterden.

'Oké,' zei Kit. Ik zet de auto achter die schuur neer, voor het geval hij terugkomt. En knoop dit in je oren: geen gedoe. Als de deur open is, gaan we zo snel mogelijk erin en eruit.' Hij liep terug naar de auto en riep achterom: 'Is de deur open?'

Ik probeerde hem open te doen. Hij zat op slot.

'Ja,' loog ik, 'wacht even.' Ik bekeek de voorkant van het huis. Alle ramen waren dicht. Ik hoorde Kit de motor starten toen ik naar de andere kant van het huis rende en een zucht van verlichting slaakte toen ik een raampje zag dat op een kier stond. Onder het raam stond een gastank dus ik had iets om op te klimmen. Ik hees me op de tank, tilde de hor op en zette het raam helemaal open. Erachter zat een badkamer met vieze blauwe tegels.

Ik wurmde me door het raam. Ik schaafde mijn ribben aan het kozijn en kwam half klimmend, half vallend op de toiletpot terecht. Ik rende naar de voordeur.

'Hij zat dus wél op slot,' zei Kit uit de hoogte.

Ik zei niks terug.

Hij keek op zijn horloge. 'Je krijgt een kwartier. Meer niet. Dan gaan we weg.'

'Maar dat is misschien niet genoeg.'

'Het zal wel moeten. Hij is misschien al onderweg naar huis. Dus schiet een beetje op.'

Ik ging op onderzoek uit. Het was klein en er was veel troep, maar het zag er allemaal heel onpersoonlijk uit. Er hingen geen foto's aan de muur, op de koffietafel niets dan oude kranten en een halfleeg glas. De huiskamer stond vol met grote, lelijke meubels, een bank en een fauteuil bekleed met een roestbruine stof. Er lag een gekreukt T-shirt op de grond en onder het voetenbankje lag een paar sokken in een bal gedraaid.

'Niks aanraken,' zei Kit.

'Ik ben niet gek, hoor.'

'Je hebt nog dertien minuten,' zei Kit.

'Help dan mee,' zei ik, 'ga ook rondkijken.'

'Waar zijn we naar op zoek?'

Ik haalde wanhopig mijn schouders op. 'Ik weet het niet. Een handtas of een portemonnee, creditcards. Iets wat van haar was. Kijk jij in de keuken, dan kijk ik achter.'

Ik liep door de donkere gang en hoorde Kit in de keuken latjes opentrekken. Het was een klein huis, niet veel groter dan een appartement. Er waren twee slaapkamers, maar eentje stond vol troep: een oude ventilator, koffers, dozen, troep die je normaal gesproken in de kelder zou zetten. De andere was zijn slaapkamer. Het bed was niet opgemaakt, er lag een berg lakens op en het onderlaken was losgeraakt van het matras. Er lag een stapel vuile was in de hoek en een lege chipszak op het nachtkastje. Ik liep op mijn tenen door de rommel en keek rond. Ik knielde om onder het bed te kijken. Ik vond er een schoen en een tijdschrift. Ik trok een la open van het lange bureau dat ook in de kamer stond en nam met tegenzin de spullen door zonder iets te verplaatsen.

Kit verscheen in de deuropening en wierp snel een blik door het raam. 'Zes minuten,' zei hij. 'Heb je al iets gevonden?'

Ik schudde mijn hoofd. 'Jij wel, in de keuken?'

'Nee. Allemaal spullen van hem en niks met de naam van het meisje erop. Hij is automonteur.' Kit stak een wit kaartje omhoog. 'Heeft zijn eigen bedrijf.'

'Leg dat terug,' zei ik terwijl ik de kamer uit liep. 'En kun jij in de kelder kijken? Misschien heeft hij daar iets verborgen.' Ik deed de bovenste la van het bureau weer dicht. Nu was alleen de klerenkast nog over.

Ik keek ook naar buiten; er was nog steeds niets te zien. De weg was leeg. Toen ik de deur van de kast opendeed, keek ik snel wat er aan de hangertjes hing. Spijkerbroeken. Geruite hemden. Een trui. Wie was deze man? Ik was niet veel wijzer geworden. Het was zo raar om in zijn huis rond te lopen, het was zo'n inbreuk op zijn privacy. Behalve dan dat zijn wereld weinig privé leek, maar juist neutraal en onpersoonlijk.

De plank was te hoog voor mij om te zien wat erop lag. Ik strekte me uit en voelde langs de rand. Het was doodeng om zo door zijn spullen te gaan. Ik stelde me voor dat hij me met zijn fletse ogen aankeek. Ik huiverde bij die gedachte. Nog meer kleren, een trui. Toen voelde ik iets hards.

Ik stopte. Ik ging zo hoog mogelijk als ik kon op mijn tenen staan en duwde mijn vingers verder over de rand van de plank.

Een harde rand. Het voelde als een doos.

'Kit,' riep ik, 'kom eens hier. Er staat hier een doos, maar ik kan er niet bij.'

Hij kwam door de deur en zag er zenuwachtig uit. 'O ja? Wat is het dan? De tijd zit erop. We moeten gaan.'

'Pak jij hem even.'

Kit strekte zich uit en kon er met gemak bij. Een bruine schoenendoos. Hij legde hem op het matras. We keken elkaar aan. 'Er zitten waarschijnlijk gewoon schoenen in,' zei hij.

'Ja.' Ik ging zitten en haalde de deksel eraf.

Geen schoenen.

Het was een glimmende verzameling van dingen. In eerste instantie konden we er geen wijs uit worden. Een gouden knoop. Een oorbel met een turkooizen hanger. Een paarse baret. Kleine dingen. Meisjesdingen. Dingen die je kwijtraakt of vergeet. Ik voelde me heel raar toen ik ze bekeek. Het voelde zelfs steeds vreemder en vreemder, alsof het helemaal geen dingen waren die mensen waren vergeten, maar dingen die waren gestolen.

Expres.

Ik verstijfde en keek naar Kit.

'Wat is dat in godsnaam?' zei hij.

Nog twee losse oorbellen. Ik raakte ze aan en schoof ze opzij. Ik zag een mooi houten kammetje met bloemen erop geschilderd. 'Dat lijkt precies op wat die serveerster, Elena, in haar hand had, vind je niet?' vroeg ik zacht.

Kit fronste zijn wenkbrauwen en pakte hem van me af. 'Ja, inderdaad,' zei hij.

Ik had het gevoel dat we de grot van een of ander dier hadden ontdekt. Een geheim nest bezaaid met botten en vacht, de overblijfselen van levende wezens.

Toen zag ik het. Een zilveren schoentje, bedekt met rode glitters.

Ik pakte het op en staarde ernaar. Het hing aan een kapot haakje.

'Shit,' zei Kit.

29

Ik liet het meteen weer los alsof het in brand stond. Het bedeltje rinkelde toen het op een oorbel viel.

'Die is van haar,' fluisterde ik.

'Misschien niet,' zei Kit.

'Kit, het is van haar! Het is van de armband. Weet je die andere bedeltjes nog? Die hadden ook zulke haakjes.'

Hij knikte langzaam en liet zijn vingers door de doos gaan. Hij pakte een klein plastic doosje op. 'Wat is dit dan?'

Het was een pillendoosje, zonder label erop, half gevuld met witroze pillen. Ik pakte het van hem af en draaide de deksel eraf.

'Aspirine?' vroeg ik.

Kit schudde zijn hoofd. 'We moeten nu echt gaan.'

Hij pakte mijn hand vast. 'Luce, we moeten niet aan die spullen zitten. Als deze vent echt een engerd is, ik bedoel, als hij die meisjes echt iets heeft aangedaan en met behulp van die pillen hun spullen heeft afgepakt... dan zou dit bewijsmateriaal kunnen zijn. En nu zitten onze vingerafdrukken erop.'

Ik trok mijn hand los en liet een pil op mijn handpalm vallen, die ik weer in de zak van mijn spijkerbroek liet glijden. 'Ik weet het. Je hebt gelijk. Maar we zouden hiermee naar de politie kunnen gaan. Misschien is het cocaïne.'

Kit keek me even aan. 'Denk je echt dat dat cocaïne is? Een pilletje?'

'Nou, iets anders dan. Iets wat verboden is.' Ik staarde weer naar de doos. 'Hij is het, Kit. Ik weet het. Hij heeft haar iets aangedaan. We moeten de politie bellen. Als ze het bedeltje zien, weten ze meteen...'

En toen hield ik op. De politie wist niks van de armband. Ze wisten het niet omdat ik hem van het meisje had afgenomen voor zij hem hadden kunnen vinden.

Dat bedeltje zou de politie niets zeggen.

Ik keek Kit indringend aan. 'De armband,' zei ik. 'Ze weten niets van de armband.'

Hij keek me lang en indringend aan en pakte toen het doosje en de deksel van me af.

'O, god,' zei ik.

'Luce.' Toen ik mijn hoofd optilde keek hij me aan met een blik in zijn ogen die ik niet van hem kende. 'Het komt wel goed,' zei hij, 'maar we moeten nu echt gaan.'

Ik stond als verdoofd bij het bed en kon nauwelijks knikken ter bevestiging.

Kit draaide het dekseltje er weer op, veegde het doosje af aan zijn T-shirt en liet het in de doos vallen. Toen deed hij de deksel op de doos, zette hem voorzichtig terug op de plank en deed er wat kleren overheen. 'Is dit goed zo? Zag het er zo uit?'

Ik wist dat hij een antwoord van me wilde. Ik haalde diep adem en zei: 'Ja.'

'Luce, kom mee. We moeten wegwezen.'

Hij trok me weg van het bed en toen moesten we nog even aan

178

de slag. Het was goed om aan de slag te moeten. We liepen snel het huis door om ons ervan te verzekeren dat alles er precies zo uitzag als we het hadden aangetroffen. Ik liet Kit eruit door de voordeur, deed die toen op slot en liep terug naar de badkamer om door het raam te klimmen. Toen ik mezelf er eenmaal doorheen had geduwd, buiten adem en met pijnlijke ribben, zat ik weer boven op de gastank. Ik duwde het raam op een kier en schoof de hor terug. Kit kwam om de hoek gelopen. 'Wat duurt er nou zo lang? Schiet toch op!'

'Oké, ik ben al klaar,' zei ik.

We renden over het grasveld, kropen in de auto en reden over de oprit. We lieten weer een wolk van stof achter, die ons het zicht op het huis benam.

30

We scheurden over de landweg naar de hoofdweg.

'Ik hoop echt dat we hem niet tegenkomen,' zei Kit. 'Ik bedoel, die vent is gek. En hij kent onze auto.'

Ik draaide mijn gezicht naar hem toe. 'Kit, wat moeten we nou doen? Dat bedeltje... is het bewijs dat hij met haar samen is geweest. Het bewijs dat hij haar heeft achtergelaten.'

Kit schudde zijn hoofd. 'Het is geen bewijs Niet zonder die armband.'

'Maar wat kunnen we... hoe kunnen we het uitleggen aan de politie?'

'Ik weet het niet.'

We keerden de snelweg op en gingen terug zoals we waren gekomen. Ik keek uit het raam. Ik moest denken aan hoe hij haar had achtergelaten, in de middle of nowhere, zodat hij wist dat niemand hem zou zien.

'Hij mag er niet mee wegkomen,' zei ik.

Kit staarde recht voor zich uit. 'We weten niet eens wat hij precies heeft gedaan.'

'Wel waar,' zei ik. 'We weten het wel. Jij hebt die spullen in die doos toch ook gezien? Die waren niet van hem. Kit, hij heeft dat bedeltje van haar afgepakt als een of ander ziek souvenir.'

'Net zoals jij haar armband hebt gepakt.'

'Nee!' riep ik verontwaardigd uit. 'Nee, dat is iets anders.'

Hij keek me aan. 'Luister, daar wil ik het nu niet over hebben. Ik wil nu alleen nog maar weg van hier.'

'Oké, we gaan terug naar Kilmore. Dan kunnen we daar overnachten. We weten dat hij naar het restaurant zal gaan.'

Kit schudde zijn hoofd. 'We moeten terug naar Beth en de politie bellen.'

'Wat hebben we ze te vertellen? Dat we bij een of andere vent hebben ingebroken en een doos met dingetjes hebben gevonden die bewijzen dat hij samen met het meisje is geweest? Daar hebben zij niks aan. Kit, alsjeblieft. Kunnen we niet nog een dag in Kilmore blijven?'

'In dat motel? Wat heeft dat voor zin?'

Ik was stil.

'Dat kost ons nog geld ook.'

Ik haalde mijn schouders op. 'We zouden ook een hotel nemen in Albuquerque. Ik zie niet wat hier anders aan is.'

'Dat zouden we doen omdat we onderweg naar Phoenix waren! Dat hoorde bij het plan.'

'Nou, de plannen zijn veranderd. Kit, alsjeblieft. Geef me nog een kans om te bedenken wat we moeten doen.'

'Ja, daar ben jij heel goed in. Jij hebt altijd briljante ideeën.'

Ik staarde naar zijn scherpe kaaklijn. 'Hou toch op.'

Hij keek me aan en zei niets.

Toen dacht ik aan de pil. Ik viste hem uit mijn zak en legde hem op mijn handpalm. Hij was groot en rond en op een kant stonden de letters PAX. 'Er staat P-A-X op,' zei ik tegen Kit en ik stak mijn hand naar hem uit zodat hij het kon zien. 'Heb jij daar weleens van gehoord?'

Hij keek naar de pil maar zei niets.

'Nou? Zeg eens wat.'

'Het is E,' zei hij uiteindelijk met zijn ogen op de weg gericht.

'E?'

'Xtc.'

'O.' Ik had weleens van xtc gehoord, bij maatschappijleer toen het over drugs ging. 'Maar dat is toch een soort partydrug?'

'Ja.'

'Waarom zou hij er een doosje vol van hebben?' Ik begreep het niet.

Kit bleef nog een tijdje stil. 'Heeft mevrouw Corell dit soort dingen niet met jullie besproken?'

Mevrouw Corell gaf maatschappijleer. Iedereen maakte altijd grapjes over haar lessen over seks, alcohol en drugs omdat ze op de een of andere manier ook heel specifieke instructies bevatten voor de leerlingen van Westview om zichzelf te gronde te richten.

'Ja, vast wel,' zei ik, 'maar wat doet het ook alweer met je?'

'Het is een seksdrug,' zei Kit onbewogen.

Ik staarde hem aan. 'Bedoel je, voor verkrachting?'

Hij haalde zijn schouders op en zijn gezicht stond grimmig. 'Misschien.'

'Dus al die spullen in die doos… Wicker heeft vast…' Ik hield op en dacht aan het meisje. En al die andere meisjes. 'Kun je eraan doodgaan?'

Hij schudde zijn hoofd. 'Dat denk ik niet.'

'Maar Kit, er was iets mis met haar hart, weet je nog? Beth zei dat ze een erfelijke hartziekte had. Denk je dat hij haar een pil heeft toegediend en dat ze daarna een hartaanval heeft gekregen?'

'Ik weet het niet.'

Ik huiverde en wreef over mijn armen. 'Kit, als hij haar die pil heeft gegeven en ze is eraan doodgegaan… dan is dat moord.'

Kit zei niets en staarde voor zich uit naar het lange, grijze lint van de weg.

31

We kwamen in de namiddag weer aan in Kilmore. Kit parkeerde de auto bij het motel met de neoncactus, de Desert Inn. Het parkeerterrein was leeg op een stationwagen en een minibusje na. Toen we in de smalle lobby liepen, vroeg een verveelde jongen die niet veel ouder was dan wij: 'Kan ik jullie helpen?'

'We willen een kamer,' zei Kit, 'voor één nacht.'

'Twee bedden,' voegde ik daar snel aan toe.

De jongen krabde in zijn nek, pakte een sleutel van het rekje achter zich en schoof deze over de toonbank. 'Alsjeblieft. De kamer is tegenover het zwembad. Heb je een creditcard?'

Het zwembad bleek een kleine turkooiskleurige rechthoek te zijn, afgesloten door een hekwerk, en een smalle duikplank aan een uiteinde en versleten plastic strandstoelen eromheen. Kit bekeek het zwembad toen we erlangs liepen.

'We kunnen even een duik nemen,' zei hij.

'Nu?' Ik keek hem verbaasd aan.

'Waarom niet? Het is warm genoeg.' Hij stopte voor een blauwe metalen deur en stak de sleutel in het slot. Ik schrok van de volle en lelijke kamer. Er stonden twee tweepersoonsbedden, er lag oranjebruine vloerbedekking die onder de vlekken zat en er stond een gelamineerd, nephouten nachtkastje met een lamp erop. Het sprei en de gordijnen zagen er armoedig uit. Er hing een groot opzichtig gekleurd schilderij van een berglandschap aan de muur.

'Mijn god,' zei Kit, 'nu wil je zeker wel zwemmen?'

'Ik wil bedenken wat we moeten doen. Ik wil met je overleggen.'

Hij knikte en keek om zich heen. 'Dat kunnen we ook bij het zwembad doen.'

Ik zuchtte. De kamer was deprimerend en ineens kreeg ik inderdaad zin om te zwemmen, om voor de verandering iets normaals en leuks te doen. 'Oké.'

We hadden onze zwemspullen bij ons omdat er bij mijn vaders appartementencomplex in Phoenix ook een zwembad zat. Ik nam mijn rugzak mee naar de badkamer, deed de deur dicht, schopte mijn teenslippers uit en stond zenuwachtig op de koude tegels tot ik Kit in de andere kamer in zijn eigen rugzak hoorde rommelen. Ik staarde naar mijn gezicht in de spiegel boven de wasbak. In het harde fluorescerende licht zag het er anders uit. Ik had scherpe en serieuze trekken, aangetast door schaduwen. De huid onder mijn ogen was paars gekleurd. Ik had al dagen niet echt goed geslapen.

Ik deed mijn kleren uit en trok mijn zwempak aan, sloeg een witte badhanddoek om mijn middel en legde er een knoop in.

Toen ik de deur opendeed, zat Kit in zijn zwembroek op de rand van een van de bedden. Hij keek toen ik de kamer inliep. Ik trok de handdoek strakker.

'Hou toch op,' zei hij.

'O, relax.'

We waren de enige in het zwembad. De witte betonnen vloer stond in lichterlaaie van de zon en brandde onder mijn voeten. Ik stond aarzelend bij de rand van het zwembad, maar Kit rende langs me, nam een sprong en dook in het water. Ik hoopte stiekem dat hij er belachelijk uit zou zien, maar zijn duik was strak en elegant. Zijn lichaam wist precies wat het moest doen.

Door de duik kreeg ik een koude waterstraal over me heen en ik sprong achteruit. Hij kwam weer boven water, schudde zijn haar uit zijn gezicht en lachte. 'Woeoeoe-hoeoeoe! Kom er ook in!'

Ik stak een voet in het water en mijn tenen krulden zich door de schok van het koude water. 'Het is te koud!'

'Nee, het is juist lekker. Duik erin!'

Ik ging op mijn hurken zitten bij de rand en leunde voorover naar het water. Ik stak mijn vinger erin. Ik dacht aan het meisje, aan hoe de regen over haar gezicht stroomde. 'Kit, wat nou als die vent…'

Kit schudde ferm zijn hoofd en zwom naar me toe. 'Je moet er even niet meer aan denken. We moeten het even proberen te vergeten.'

Dat kan ik niet, wilde ik zeggen. Er is een meisje overleden en wij hebben de man gevonden die haar iets heeft aangedaan. Maar ik keek naar Kits glimmende, natte gezicht, naar de hoopvolle blik in zijn ogen. Ik was het ook zat, het was te veel.

'Duik erin,' zei hij weer.

Ik schudde mijn hoofd. 'Ik kan niet duiken.'

Kit trok zijn wenkbrauwen op. 'Je maakt een geintje.'

'Nee, ik kan het echt niet. Ik kan ook niet goed zwemmen.'

'Spring er dan in.'

Ik zuchtte, liet mijn handdoek op de betonnen vloer zakken. Ik haalde diep adem en sprong in het zwembad.

Het leek of ik een klap kreeg van het koude water. Het stroomde over me heen en deed mijn adem stokken. Mijn voeten raakten de bodem en ik zette me ertegen af en vloog weer omhoog naar het oppervlak. Het chloor brandde in mijn ogen. 'O,' hijgde ik, 'het is ijskoud.'

'Je moet bewegen,' zei Kit die grijnzend naar me toe zwom. 'Dan word je wel warm.'

Ik huiverde in het water en ging naar de kant.

'Hoe komt het dat je niet kunt duiken?'

'Niemand heeft het me geleerd. Mijn ouders gaan niet vaak zwemmen.'

'Jamie kan wel goed zwemmen.'

'Ja. Jamie kan bijna alles goed.'

Kit was op een afstandje aan het watertrappelen. 'Vind je dat vervelend?'

'Nee.' Ik schudde snel mijn hoofd. 'Ik vind het leuk dat hij dingen goed kan. Ik ben ook goed in dingen.'

'Zoals?'

Ik wierp hem een boze blik toe omdat ik natuurlijk zo gauw niets kon bedenken. 'Nou… tekenen,' zei ik uiteindelijk.

Kit zwom dichterbij, zijn handen bewogen zich met gemak door het water en hij liet mooie blauwe lichtstrepen in het water achter. 'Ja, tekenen. Jij kunt goed tekenen.'

Er ging een warme golf door me heen, alsof ik vanbinnen bloosde.

'En nog iets anders,' zei hij. Zijn gezicht was nu zo dichtbij dat ik de kleine druppels op zijn wimpers en wenkbrauwen kon zien. Ze glinsterden in de zon.

'Wat dan?'

Hij glimlachte naar me.

Mijn hart ging sneller kloppen. Ik dacht aan hoe zijn mond op de mijne voelde, hoe hij proefde. Ik schoot achteruit om de afstand tussen ons te vergroten. 'Niet zo goed als Lara,' zei ik, en ik deed mijn best om dat met een kille stem te zeggen.

Maar Kit grijnsde alleen maar naar me. 'Tja, Lara. Zij heeft veel meer ervaring dan jij, maar jij zult het ook nog wel leren. Als je veel oefent.'

Hij gleed naar me toe. Ineens werd ik tegen de kant van het bad geduwd en was hij dichtbij genoeg om zijn handen aan weerszijden van mij op de kant te leggen.

'Kit,' zei ik.

'Wat?'

'Niet doen.'

'Waarom niet?' Hij legde een hand op mijn wang, liet vervolgens zijn vingers door mijn natte haar glijden en bracht mijn gezicht dichter naar het zijne.

Ik begon iets te zeggen – ik weet niet eens meer wat – maar toen was zijn mond al op de mijne, scherp met de smaak van chloor, maar heel voorzichtig, langzaam zelfs. Zijn arm lag om mijn rug en hij trok me stevig tegen zich aan tegen de harde, vochtige muur van zijn borst. Ik kon er niets aan doen, maar ik legde mijn armen om hem heen en kuste hem terug, ademde hem in, streelde zijn schouders. Zijn lippen gingen naar mijn wang. 'Luce, haal eens diep adem.'

En toen drukte hij zijn mond weer stevig op de mijne en gleden we in een vloeiende beweging onder water. Het water was overal – koud en rustig – en de compacte geluidloosheid onder water vulde mijn oren, tilde mijn haar op en omringde ons als een stille luchtbel. Het was alsof we gevangenzaten in een van die sneeuwballen van plastic, in een ruimte zonder zicht of geluid en dat er om ons heen een storm woedde.

Ik voelde alleen maar zijn mond op de mijne. Hij trok ons weer omhoog. Toen ik de warme lucht op mijn gezicht voelde, was ik duizelig en buiten adem. Ik duwde hem van me af.

'Wat doe je nou?' vroeg ik happend naar adem.

'Jou onder water kussen.' Hij grijnsde naar me. 'Versiertrucje.'

Ik staarde hem aan. Ik voelde dat ik een kleur kreeg, een golf van schaamte. Want dat was het natuurlijk. Meer was het allemaal niet geweest: een versiertrucje. De grapjes en complimentjes, de manier waarop hij mijn haar aanraakte of over de achterkant van mijn nek wreef. Ik dacht aan Wicker met het meisje. Welke truc had hij uitgehaald om haar in zijn vrachtwagen te krijgen?

'Nou, hou er maar mee op. Ik vind het niet leuk,' zei ik. 'Bewaar dat maar voor Lara.' Ik zwom naar de overkant van het zwembad en voelde zijn ogen in mijn rug branden.

Hij zwom me langzaam achterna, rekkend en draaiend in het water. 'Je vindt het wel leuk. En waarom zit je zo over Lara door te zeuren?'

'Omdat ze jouw vriendin is, klootzak.' Ik wierp hem een snelle, onzekere blik toe. 'Tenzij je van plan bent om het uit te maken met haar.'

Hij snoof verontwaardigd. 'Het uitmaken? Waarom zou ik? We gaan volgende maand samen naar het eindexamenfeest.'

Ik had het kunnen weten. Ik klom op de rand van het zwembad en bleef daar hangen.

Hij zwom naar me toe. 'Wat heb je nou?'

Ik kon hem niet aankijken. 'Ik snap het niet. Waarom doe je…
Waarom doe je dit met mij? Wat zou Lara ervan zeggen als ze
het wist?'

Kit haalde zijn schouders op. Hij spatte een eindje verderop
met water. 'Ze weet het niet. En daarbij, het stelt niks voor.'

Ik voelde hoe mijn maag zich weer omdraaide. 'Voor jou niet
misschien.'

'Tjeesus, Luce. Jij blaast alles altijd zo op.'

We staarden elkaar aan.

'Niet alles,' zei ik uiteindelijk. 'Maar dit… ik bedoel, het lijkt
wel… het lijkt of je me gebruikt.'

Kits ogen vlamden. Hij zwom naar de kant en legde zijn hand
op de grond, naast mijn enkel. 'Denk je dat echt?' Ik hoorde een
scherpe toon in zijn stem.

Ik knikte en staarde naar mijn knieën.

'Hé, het was niet mijn idee om naar Kilmore te rijden, of om
het huis van een of andere viezerik te doorzoeken. En ook niet
om voor een kamer in dit verdomde motel te betalen! Als iemand wordt gebruikt dan ben ik het wel.'

Ik schoof naar achteren. 'Dat is niet waar.'

'Echt niet? Denk er maar eens over na.'

Hij klom uit het water, trok zichzelf op de kant en rende langs
me heen naar de duikplank. Hij zette hard af en lanceerde zichzelf behendig in het bad. Toen hij vlak voor me opdook, gooide
hij zijn haar naar achteren en keek hij op naar mij.

'En nu dan?' vroeg hij.

Ik gaf geen antwoord.

'O, oké. Je praat weer eens niet met me.'

Ik gooide mijn haar naar voren over mijn schouder en pakte
het bij elkaar om het water eruit te knijpen. 'Hoor eens, ik kan

hier niet meer aan meedoen. Ik was er nooit aan begonnen als ik had geweten...' Ik hield verlegen op.

'Luce.' Zijn stem klonk lief op een manier die ik niet had verwacht. Toen ik opkeek, zag ik zijn ogen op mij gericht. Ze kleurden groen en goudkleurig op in de zon.

'Had je echt gedacht dat ik geen vriendin had?'

Ik gaf weer geen antwoord.

'Luce, jij zit in de onderbouw. Dacht je nou echt dat jij en ik...'

'Nee,' zei ik snel. 'Hou op. Laten we er niet meer over praten.'

Hij zuchtte en zette zich af tegen de kant. Hij zwom naar het gammele metalen trappetje vlak bij de duikplank. Ik keek hoe hij uit het water klom. Op zijn schouders zaten sproeten van de zon.

Hij zag dat ik naar hem keek en lachte ineens, het was een eenvoudige, schuldbewuste lach waarmee hij zich leek te verontschuldigen en mij tegelijkertijd leek te vergeven. 'Oké, streep eronder.'

Ik lachte twijfelend terug.

'Niet boos zijn,' zei hij, 'ik zal niks meer met je uithalen, dat beloof ik.'

Ik wreef met de handdoek over mijn armen en voelde me leeg vanbinnen. 'Oké.'

'Droog je nog niet af. Ik ga je leren duiken.'

Ik schudde mijn hoofd. 'Geen sprake van.'

'Kom op nou.'

'Nee hoor!'

'Waarom niet?'

'Ik ben er echt heel slecht in. Het lukt me nooit om in een goeie hoek in het water te duiken.'

'Zo slecht kun je nou ook weer niet zijn.'

'Wel waar. Geloof me maar.'

'Probeer het eens.'

Ik zuchtte en liep naar de duikplank en was me er heel erg van bewust dat hij de hele tijd naar me zat te kijken.

'Kijk, ik doe het voor,' zei hij.

Hij sprong twee keer op het uiteinde van de plank waardoor je de veren zacht hoorde kraken, een verwachtingsvol geluid.

Toen dook hij door de lucht en sneed door het water, waarbij hij nauwelijks een spatje maakte.

Hij kwam grijnzend weer boven water.

'Goed,' zei ik, 'het is maar dat je het weet, maar als ik ga duiken lijkt het helemaal nergens op.'

'Laat maar zien.'

Ik stapte op de plank en liep voorzichtig naar het uiteinde. Ik strekte mijn handen voor me uit, duwde mijn gezicht tussen mijn armen, sprong naar voren en probeerde mijn lichaam in de lucht te draaien zodat mijn hoofd als eerste het water zou raken. Maar dat lukte allemaal niet. Ik kwam met een smak in het water terecht.

'Auauau! Auauau!' gilde ik. 'Kijk! Dat had ik toch gezegd. Au. Dit is echt een marteling.'

Kit lachte. 'Dat was echt heel slecht,' zei hij. 'O, mijn god, je had helemaal gelijk. Je kunt er niks van.'

'Dank je.'

'Maakt niet uit. Ik leer het je wel.' Hij zwom naar me toe.

'Je kunt het me niet leren. Dat zeg ik je toch? Het is hopeloos.'

'Misschien als je op de standaardmanier duikt, maar ik zal je wat aparte manieren laten zien.'

'Waar heb je het over? Als ik niet op de standaardmanier kan duiken, hoe kan ik dan iets moeilijkers proberen?'

'Natuurlijk kun je dat wel. Kijk goed.' Hij zwom naar de kant, klom uit het bad en rende langs me heen naar de duikplank.

'Bommetje!' schreeuwde hij toen hij zich eerst heel hard afzette op de duikplank en zichzelf vervolgens de lucht in schoot. Hij trok zijn knieën op en zijn hoofd in, landde met een enorm gespetter in het water en ik kreeg een enorme golf over me heen.

Toen hij aan het oppervlak verscheen lachte ik naar hem. 'Dat kan iedereen.'

'Niet waar,' zei hij zogenaamd mokkend. 'Het gaat om de manier waarop je het doet. Probeer het maar.'

Ik rende naar het einde van de plank en nam een grote sprong. Ik greep mijn knieën vast, duwde mijn hoofd ertussen, vloog even door de warme, schone lucht en plonsde toen in het water.

Toen ik boven kwam, lachend en sputterend, stond Kit alweer aan de kant. 'Hamerslag,' riep hij toen hij over de duikplank rende en zich als een bal voorover in het water stortte. Hij brak door het wateroppervlak. 'Woeoeoe!' riep hij.

Zo brachten we de middag door. Ik leerde niet echt duiken, maar ik leerde wel allerlei verschillende sprongen. Een paar ervan kon ik me nog herinneren van het openbare zwembad waar ik heen ging toen ik klein was: de watermeloen, het zakmes, de blikopener. Maar Kit kende er nog veel meer. Mijn lievelingssprong was de eekhoorn, een soort omgekeerd bommetje waarbij je je enkels vasthoudt.

Uiteindelijk klom ik aan de kant, omdat ik voor mijn gevoel al uren aan het springen was, ging op mijn handdoek liggen en keek met half toegeknepen ogen naar de strakblauwe lucht. 'Ik kan niet meer,' zei ik lachend. 'Mijn buik doet pijn.'

'Zie je wel,' zei Kit die naast me kwam liggen, 'je kunt best duiken.'

Ik hield mijn buik vast. 'Au-au-au,' kreunde ik. 'Dat noem ik geen duiken. Dat kan iedereen.'

'Hé, jouw techniek voor de eekhoorn was echt heel goed.'

Ik keek hem aan met een hand boven mijn ogen. 'Tja, ach... ik had een goede leraar.'

Hij lachte naar me.

Ik draaide me om. 'Maar van wie heb jij dat allemaal geleerd?' vroeg ik.

Hij was een tijdje stil. 'Van mijn vader.'

'Echt?'

'Ja. Hij was geen geweldige zwemmer, maar was dol op water. Hij was zich altijd aan het uitsloven.'

Ik dacht aan Kits vader die stiekem naar cafés ging met andere vrouwen en die daardoor Kits relatie met zijn moeder in de problemen bracht. Hij klonk niet als iemand die zijn zoon twintig verschillende manieren van duiken leert. Ik keek naar Kit. Je kon nooit weten hoe mensen waren, vanbinnen.

We lagen met de warme zon op ons gezicht. In de verte hoorde ik sporadisch het vage geluid van een auto op de snelweg. Ik vroeg me af waar de blauwe vrachtwagen zich nu bevond.

32

'Ik heb een idee,' zei ik.

We lagen op onze bedden in de motelkamer. Buiten was het bijna donker. Kit had twee blikjes frisdrank uit de automaat bij het zwembad meegenomen en hij hield het zijne tegen zijn voorhoofd – hij had hoofdpijn gekregen van de chloorlucht, zei hij – en ik speelde met het mijne dat ik over het sprei rolde.

'Je kunt hem nu niet zomaar meer openmaken,' zei hij, 'dan spuit alles eruit.'

'Dat weet ik, maar luister,' zei ik, 'over die armband. Stel dat de politie die armband nou ergens vindt?'

'Hoe bedoel je?'

Ik strekte me uit om het hengsel van mijn rugzak te pakken, trok hem naar het bed en graaide erin. Ik hield de armband omhoog en liet hem in de lucht bungelen zodat Kit hem goed kon zien. De bedeltjes botsten tegen elkaar aan. 'Stel dat de politie de armband tussen Wickers spullen vindt?'

'Hè?'

'Als ze de armband op de een of andere manier tussen zijn spullen vinden en dan zijn huis doorzoeken en daar het bedeltje vinden... nou... dan kunnen ze een verband leggen.'

'Je bent gek,' zei Kit.

'Nee, denk er gewoon even over na.'

'Ik hoef er niet over na te denken. Het slaat nergens op. Voor de politie heeft die armband niets met het meisje te maken.'

'Maar als ze die nou in zijn huis vinden...'

'Luce, of ze de armband in zijn huis vinden of in een of andere kuil, dat maakt toch niks uit?'

Ik zuchtte en wreef over mijn voorhoofd. 'Nou, wat vind jij dat we moeten doen?'

'Ik weet het niet, echt niet. Maar ik heb honger. Zullen we kijken of het restaurant nog open is?'

Er stond een rijtje auto's en vrachtwagens aan een kant van het parkeerterrein. Toen we de weg overstaken, bleef Kit ineens staan.

'Verdomme,' zei hij.

'Wat is er?'

'Kijk.' Hij wees.

Ik hield mijn adem in. De blauwe vrachtwagen. 'Wat doet die hier?'

'Geen idee. Misschien brengt hij zijn dagen hier door? Blijf deze keer alsjeblieft uit zijn buurt.'

Kit liep door, maar ik bleef staan waar ik stond en beet op mijn lip. 'Ik ben mijn blikje fris vergeten,' zei ik.

Kit draaide zich naar mij om. 'Nou en? Dan bestel je toch een nieuwe?'

'Nee. Dat is zonde. Ik ren wel even terug om 'm te pakken.'

'Ga je echt terug voor dat blikje?' Hij keek me ongelovig aan.

'Ja. Geef me de sleutel van de kamer.' Ik stak mijn hand uit.

Hij fronste. 'Schiet op,' zei hij terwijl hij de sleutel naar me toe gooide. 'Ik heb honger.'

Ik rende over de weg terug en sloeg bij het motel de hoek om om naar onze kamer te gaan. Er schoten allerlei gedachtes door mijn hoofd. De vrachtwagen. Ik kon de armband in de vrachtwagen leggen. Het meisje had in de vrachtwagen gezeten, dat wist ik zeker. Daar moest bewijs van zijn. En als de politie de armband in de vrachtwagen zou vinden, dan zou dat hun eerste aanwijzing zijn.

Ik duwde de deur open, graaide de armband uit mijn rugzak en stopte die in mijn zak. Ik vergat het blikje bijna, maar die nam ik ook nog snel mee.

33

Ik stond op het donkere parkeerterrein en mijn hart klopte als een razende. Door het raam van het restaurant zag ik de mensen; een serveerster die zich over een tafel boog, een man die zijn hoofd in zijn nek gooide van het lachen. Kit zag ik niet. Wicker zag ik niet. Buiten zag ik niemand. De blauwe vrachtwagen stond iets verderop van de andere auto's en de twee grote vrachtwagens geparkeerd. Wat moest ik doen als hij op slot zat? Maar dat zat hij de vorige keer ook niet.

Ik kalmeerde mezelf en liep ernaartoe. Ik hield mijn ogen gericht op de deur van het restaurant. Die bleef dicht. Heel voorzichtig probeerde ik met een hand het slot van het portier aan de bestuurderskant. Het was niet op slot en zwaaide makkelijk open. Het lampje boven de achteruitkijkspiegel ging aan en ik stak snel mijn hand uit om hem uit te schakelen. Ik zette het blikje frisdrank op de vloer en haalde voorzichtig en met trillende vingers de armband uit mijn zak. Ik ging op de bodem op mijn hurken zitten en aarzelde. Als ik hem tussen de troep van flesjes en lege verpakkingen verstopte, zou hij hem misschien zelf vinden. Of, erger nog, zou hij het hele zootje oppakken en weggooien met de armband ertussen.

Ik bleef maar in de richting van het restaurant kijken. Moest ik hem tussen een van de stoelen leggen? Onder een stoel? Heel voorzichtig schoof ik mijn linkerhand onder de passagiersstoel. Mijn vingers streken langs nog meer troep: papiertjes, een fles en een handvat van iets. Ik kwam langzaam weer overeind en wiegde de armband in mijn handpalm. Ik keek weer naar de bedeltjes: de zandloper, de schatkist, de hoef, het hartje. Ik dacht eraan hoe makkelijk het was geweest om de armband open te maken en het onder haar arm vandaan te trekken. Dit was het enige overblijfsel van die avond. Na een tijdje duwde ik de armband diep onder de passagiersstoel in die rommelige duisternis.

Ik keek weer naar de ingang van het restaurant. Ik zag nog steeds niemand. Ik zette het lampje weer aan, deed het portier langzaam dicht en gaf het een laatste duwtje met mijn heup tot ik een klik hoorde. Maar toen ik me omdraaide, struikelde ik over mijn blikje fris. Het ratelde over de stenen, een laag ratelend geluid dat leek te echoën en versterkt werd door de stilte. Ik tastte een tijdje in paniek om me heen om het blikje in de duisternis te vinden. Toen voelde ik het koele blikje en duwde het tegen mijn borst. Ik stak het parkeerterrein over en liep naar het restaurant.

Kit zat aan een tafel bij een van de ramen te bellen met zijn mobiele telefoon. Ik kon hem zien lachen en hoorde de opwinding in zijn stem, zijn gevlei en de geduldige pauzes. Het was Lara. Natuurlijk. Hij keek op naar mij. Zijn ogen stonden een beetje uitdagend.

'Natuurlijk,' zei hij in de telefoon. 'Sorry van vanmiddag. Ja, ach, niemand noemt me zo en ik begrijp niet waarom ze dat heeft gezegd.' Hij trok een gezicht naar mij. 'Ik spreek je morgen wel weer.' Zijn stem werd zachter. 'Jij ook. Dag.'

Ik schoof aan tafel en zette het blikje tussen ons in, zonder iets te zeggen.

'Wat duurde er zo lang?' vroeg Kit. Hij knikte met zijn hoofd in de richting van de toonbank. Ik zag Wicker zitten, gebogen over een bord eten. Zo was hij een doodgewone vent in zijn onopvallend geruite hemd en spijkerbroek. Zijn fletse ogen flikkerden in mijn richting en dwaalden toen weer af.

'Waar zat je nou?' vroeg Kit weer. 'Ik heb al besteld.'

Ik zei even niks. 'Ik kreeg de kamerdeur niet open,' zei ik. Ik wilde hem vertellen over de armband, maar niet nu, niet als Wicker naar ons zat te kijken.

Hij fronste. 'Wat heb je toen gedaan? Om een andere sleutel gevraagd?'

'Nee,' mompelde ik. 'Het lukte uiteindelijk toch.' Ik pakte de menukaart op en deed net of ik die aandachtig las. 'Wat heb jij besteld?'

'Een hamburger. Patat.'

De oudere vrouw, die ons die ochtend ook had bediend, kwam naar onze tafel. Ik bestelde een hamburger en een milkshake. Ze schreef het in haar blocnote, keek ons nieuwsgierig aan, maar zei verder niets.

'Ik dacht dat jij je frisdrank wilde opdrinken?' zei Kit.

Ik keek naar het blikje. 'Ik heb me bedacht.' Ik leunde naar voren en zei met gedempte stem: 'Wat is hij aan het doen?'

Kit leunde zo dicht tegen me aan dat ik zijn adem op mijn wang voelde. Hij fluisterde. 'Hij zit te eten.'

'Wees nou even serieus.'

'Wat denk je dat hij aan het doen is? Hij is aan het eten. Heel verdacht. Ik bedoel, denkt hij soms dat hij in een restaurant zit?'

'Hou op.'

Hij leunde weer smalend achterover.

Toen het eten kwam, aten we dat in stilte op. De serveerster gaf ons de rekening en legde die op tafel. Ik wilde naar Wicker kijken, maar ik voelde dat hij zijn blik op mij had gericht en daar kreeg ik de rillingen van.

'Zit hij naar ons te kijken?' vroeg ik aan Kit.

Kit keek in zijn richting en fronste een beetje. 'Ja, maar niet naar ons. Hij kijkt vooral naar jou.'

Ik hield de koude milkshake met beide handen vast en probeerde me klein te maken. 'Zeg je het als hij weggaat?'

'Hij gaat nu weg. Hij heeft betaald. Oké, geen paniek, maar hij komt deze kant op.'

Ik verstijfde, maar voor ik iets kon doen, stond Wicker aan onze tafel en keek naar mij. Zijn ogen gleden over mijn gezicht. Ze stonden nog net zo uitdrukkingsloos als de keer ervoor, zo koud als ijs. Ik slikte.

'Jullie komen toch niet hier uit de buurt?' zei hij.

'Nee,' zei ik. Mijn stem klonk hoog en onzeker.

'Waar komen jullie dan vandaan?'

Ik aarzelde. 'Uit Kansas.'

Hij lachte, kort en nasaal, en ik zag zijn adamsappel bewegen en zijn witte nek die boven zijn kraag uitstak. 'Kansas! Wat doen jullie helemaal hier?'

'We zijn op doorreis,' zei Kit, 'onderweg naar Arizona.'

'Hè?' Hij bleef mij aankijken. Ik kon zijn blik niet ontwijken. 'Pas maar goed op. Het is hier niet zoals in Kansas.'

Ik knikte alleen maar. En zo plotseling als hij was gekomen, ging hij ook weer weg. De deur van het restaurant viel met een klap achter hem dicht en we keken door het raam hoe hij het parkeerterrein overstak en met gebogen schouders en hoofd omlaag naar zijn vrachtwagen liep.

Ik zette mijn milkshake op de tafel omdat ik de rest niet meer weg kon krijgen. 'Ik heb de armband in zijn vrachtwagen gelegd.'

Kit staarde me aan. 'Wat zei je?'

'Ik heb hem in zijn vrachtwagen gelegd, onder de passagiersstoel,' zei ik.

'Ik hoop dat je een grapje maakt.'

'Luister, Kit. Dat is het bewijs dat ze er is geweest. We kunnen nu de politie bellen en…'

'Wat bedoel je als je zegt dat je… Wacht even. Heb je dat net gedaan? Ben je die armband gaan halen?'

'Ja. Ik heb hem in zijn vrachtwagen gelegd. Kit, als we niets doen, zal het nooit worden opgelost. Dan zullen ze deze vent nooit te pakken krijgen. En het gaat niet alleen om het dode meisje! Er zijn er meer geweest. Je hebt toch gezien wat er in die doos zat? En iemand als Elena kan niet naar de politie gaan, dat heb je zelf gezegd. De armband zal bewijzen dat het meisje in zijn vrachtwagen heeft gezeten.'

'Wat ben je in godsnaam aan het doen?' Kit schoof met veel geweld zijn stoel naar achteren en stootte hard tegen de muur. 'Luister goed: dit bewijst niets.'

'Maar…'

'Ik heb het je al honderd keer gezegd. De politie weet niet dat de armband van het meisje was. Als dat bedeltje in de doos iets te betekenen heeft, had de politie de armband om de pols van het meisje moeten vinden, niet in zijn auto. Snap je dat niet?'

'Maar...'

'Daarbij weet je niet eens zeker of het meisje wel in zijn vrachtwagen heeft gezeten. Dat kun je niet weten.'

'Ik weet het wel! Kit, ik weet het gewoon.'

'Dat denk je misschien, maar dat maak jij niet uit. Je kunt niet zomaar besluiten dat deze vent schuldig is en dan bewijsmateriaal in zijn vrachtwagen leggen. Ik bedoel, wie denk je wel niet dat je bent? De opperrechter van dit land?'

Hij staarde me aan.

'Maar...'

'Maar wat? Je kunt niet zomaar dingen blijven verzinnen.'

Ik deinsde terug. 'Ik wilde het rechtzetten,' zei ik wanhopig. 'Ik wilde... Ik kan het gewoon niet uitstaan dat hij ermee wegkomt.'

'Waarmee wegkomt? We weten niet eens of hij iets heeft gedaan!' Kit trok zijn portemonnee uit zijn broekzak en gooide een biljet van twintig dollar op tafel. 'Shit,' zei hij terwijl hij opstond.

'Wacht,' zei ik smekend.

Hij pakte het blikje frisdrank stevig vast en sloeg het tegen de rand van de tafel. 'Nu hebben we helemaal niks meer. We kunnen de armband niet eens meer aan de politie laten zien en ze uitleggen wat er is gebeurd. Nu zullen zij hem nooit meer vinden. Zij hebben geen enkele reden om de vrachtwagen van die vent te onderzoeken. En ook al zouden ze dat doen, dan zou die armband van iedereen kunnen zijn – zijn vriendin, zijn dochter, wie dan ook.'

Ik schaamde me ineens heel diep.

'Je hebt gelijk,' zei ik.

'Ja, dat had je eerder moeten bedenken.'

Hij draaide zich om en liep de deur door. Ik stond op en ging hem achterna.

'Kit, wacht.' Ik rende achter hem aan en pakte hem bij zijn mouw.

'Nee,' zei hij. 'Jij gaat terug naar het motel. Je hebt de sleutel.'

'Wat ga je doen?'

'Wat denk je dat ik ga doen? Ik ga de armband terughalen.'

'Hoe dan?'

Hij keek me nauwelijks aan, trok zich los en liep naar de weg. 'Ik weet waar hij woont.'

'Ik ga met je mee.'

'Nee.'

'Maar je weet niet waar ik hem heb verstopt.'

'Onder de stoel, zei je toch?'

'Kit.' Ik hield zijn arm vast. 'Het spijt me,' zei ik. 'Het spijt me heel erg. Mag ik alsjeblieft met je mee?'

Hij schudde zich weer los en liep door. Ik rende hem achterna. 'Je hebt iemand nodig die de kaart leest.'

'Nee. Ik weet hoe ik er moet komen.'

'Kit, alsjeblieft.'

We stonden aan de rand van het parkeerterrein, afgescheiden van het motel door een stuk weg ertussen. De neoncactus flikkerde fel in al zijn glorie boven ons hoofd. Kit wierp me een lange boze blik toe.

Maar toen haalde hij zijn schouders op en toen hij in het donker de weg overstak, liep ik vlak naast hem.

34

Het was moeilijk om de afslag te ontdekken. We reden langs de benzinepomp, een lage vesting van beton. Ik hield mijn gezicht tegen het raam gedrukt en tuurde wanhopig in de duisternis van de avond. De maan was een flauw boogje.

'Hier is het,' zei ik snel toen ik aan de rechterkant een weg zag.

Kit maakte een scherpe bocht en het grind knarste.

'Je moet langzamer rijden, zo maak je te veel lawaai,' zei ik.

Het geronk van de auto op de ruige weg was oorverdovend.

Hij keek me aan.

'Hoe komen we ooit dicht genoeg bij zijn huis zonder dat hij ons hoort?' vroeg ik.

'Dat lukt wel,' zei Kit, maar zijn stem klonk grimmig. De weg liep nu over een heuvel en ineens konden we zijn huis zien.

Onze auto kroop nu bijna vooruit, maar toch dacht ik elke steen te horen waar we overheen reden. 'Hij zal ons horen,' fluisterde ik.

'Hij is misschien niet eens thuis,' zei Kit.

Maar toen we dichter bij zijn oprit kwamen, zag ik de vrachtwagen. En er scheen licht door een raam aan de voorkant van het huis.

'Oké,' zei Kit. Hij ging van de weg af, zette de motor en de koplampen uit. We zaten in de stille auto en keken naar het huis. Het gele licht van het raam scheen op het gras. Ik kon niet zien of er iemand binnen was.

Kit wilde het portier openmaken.

'Nee,' zei ik, 'laat mij maar gaan.'

'Dacht het niet, jij blijft hier. Ik ben zo terug.'

'Kit, je weet niet waar hij ligt.'

'Ik kan hem heus wel vinden.'

Ik raakte zijn arm aan. 'Laat mij het doen, dan gaat het sneller.'

Hij keek me twijfelend aan en wierp toen een blik op het huis. 'Oké,' zei hij uiteindelijk. 'Wees voorzichtig en schiet op.'

Ik deed het portier zo zacht mogelijk open en liet mijn voet op de grond glijden. Ik had nog steeds mijn teenslippers aan. Niet echt handig om mee te rennen. Ik stapte uit en hield het huis in de gaten. Ik deed het portier met trillende handen dicht, even voorzichtig als ik hem had geopend, maar zonder dat hij in het slot viel. Daarna rende ik over het gras naar de donkere contouren van de vrachtwagen.

Toen ik dichter bij het huis kwam, zag ik dat het raam openstond, hoorde ik het vage geruis van de televisie en stemmen onderbroken door gelach. Bij de voordeur was het stil. Mijn hart bonkte en mijn oren suisden. Stilletjes liep ik naar de passagierskant van de vrachtwagen en voelde aan het slot.

Er was nog steeds geen beweging te zien in het huis. Ik deed het portier langzaam open. Het maakte een laag, kreunend geluid en het lampje sprong weer aan dat de cabine fel verlichtte. Helemaal in paniek en knipperend door het plotselinge licht kroop ik op de stoel om het uit te zetten. Ik bleef daar verstijfd op mijn hurken zitten met mijn ogen op het huis gericht. Maar de stemmen van de televisie gingen gewoon door en er verscheen niemand bij het raam.

Oké, dacht ik, opschieten, opschieten, opschieten. Ik schoof mijn hand onder de stoel en graaide in het niets. De papiertjes kraakten onder mijn zenuwachtige vingers. Ik voelde iets hards als een handvat en duwde het weg. Waar was de armband? Ik strekte mijn arm verder uit totdat hij bijna helemaal onder de stoel verdween. Ik wist waar hij moest liggen. Hier, aan kant. Maar misschien was hij onder het rijden op de landweg weggerold en zat hij ergens vast. Ik strekte mijn vingers helemaal uit en liet mijn hand wanhopig over alle troep onder de stoel glijden.

Toen voelde ik iets kleins en glads. Een van de bedeltjes, dat wist ik zeker. Ik krulde mijn vingers eromheen en trok. De armband schoot onmiddellijk los. Het kettinkje zwaaide tegen mijn huid.

'Wat ben jij aan het doen?'

De hoge, nasale stem kwam direct naast me uit het duister en hoe snel ik ook terugsprong, de vrachtwagen uit, het was niet snel genoeg.

Daar stond hij en hij staarde me aan met zijn gezicht strak als een masker.

Ik kon niet praten, slikken of ademhalen. Ik draaide me om en wilde wegrennen, maar hij stak zijn hand uit en greep me bij mijn arm. Zijn hand zat er als een bankschroef omheen.

'Wat heb je daar?' vroeg hij en hij wurmde zich tussen mij en de passagiersstoel terwijl zijn ogen naar mijn hand keken.

Ik probeerde het te verbergen door mijn vuist stevig om de armband te klemmen. Maar ik was te laat. Zelfs in het donker voelde ik dat zijn ogen erop gericht waren.

'Dat is van haar,' zei hij uiteindelijk. Ik voelde een pijnscheut van angst door me heen gaan. 'Hoe kom je eraan?'

Ik kon geen woord uitbrengen. Hij schudde me plotseling door elkaar en trok zo hard aan me dat ik bijna op mijn knieën viel. Ik gaf een gil en probeerde weer overeind te komen met mijn arm nog steeds in zijn houtgreep. 'Zeg eens,' zei hij. 'Hoe kom je eraan?'

Ik schudde mijn hoofd en snakte naar adem. Maar toen kneep hij zo hard in mijn arm dat ik het uitgilde en hij bracht zijn gezicht dicht bij het mijne. Ik rook een kille, zure lucht. Ik kromp ineen. 'Wat doe je hier helemaal?' zei hij. 'Waar is je vriendje?'

Ineens dook hij naar voren en stak zijn hand onder de passagiersstoel. Toen hij hem weer tevoorschijn haalde hield hij iets vast wat lang en dun was. Iets met een handvat. Ik kon eerst niet zien wat het was en toen wel. Een mes.

'Alsjeblieft,' zei ik. Het klonk zo vreemd en bibberig dat ik mijn eigen stem niet meer herkende. 'Alsjeblieft.'

En toen hoorde ik een geluid. Een sissend geluid, dicht bij ons. Wicker draaide zich om, tilde het mes op en ik tuurde in de duisternis. Er vloog iets zilverkleurigs op ons af.

'Rennen, Luce! Nu!' Ik voelde natte druppels en hoorde een doffe klap toen het blikje frisdrank Wicker aan de linkerkant van zijn gezicht raakte. Hij liet mijn arm los en waggelde naar achteren.

Ik rende blindelings over de harde grond, door het harde gras, recht de nacht in. Toen ik over mijn teenslippers struikelde, schopte ik ze uit en de ruige stenen staken in mijn blote voeten. Ik hoorde Kit achter me en toen Wickers gegrom en een schreeuw. 'Hé!' Maar we waren al bij de auto gekomen. We kropen erin en Kit zat te prutsen met de sleutels die hij in het contact probeerde te krijgen.

'Hij komt eraan, hij komt eraan, hij komt eraan,' jammerde ik, starend in de duisternis die datgene wat zich buiten bevond niet alleen voor ons onthulde maar tegelijk ook bescherming bood.

De motor brulde, de banden gierden op de kiezelstenen en Kit maakte een scherpe bocht. We schoten over de weg, sloegen af en toen gaf Kit plankgas en scheurde terug naar de snelweg.

Hij keek me niet aan. Hij zat over het stuur gebogen met zijn ogen strak gericht op de weg. 'Is hij ons gevolgd? Zie je zijn vrachtwagen?'

'Nee,' fluisterde ik, 'nog niet, maar schiet op Kit. Schiet op.'

De weg verdween achter ons. Ik kon het huis niet meer zien. De auto schoot op het gladde oppervlak van de snelweg en ik maakte mezelf heel klein in het donker en hield de armband in mijn vuist geklemd.

35

'We moeten iemand bellen,' kreeg ik er net met veel moeite fluisterend uit. Ik bleef achterom kijken. Ik zag geen koplampen.

Kit knikte en wierp me zijn mobiele telefoon toe. Het lichtblauwe schermpje scheen fel in het donker, maar ik had geen bereik.

'Wacht tot we dichter bij Kilmore zijn,' zei Kit. Hij bleef maar in zijn achteruitkijkspiegel kijken. Uiteindelijk draaide hij zich naar me toe. 'Gaat het?' vroeg hij.

Ik knikte zonder iets te zeggen.

'Luce? Gaat het echt?'

'Ja,' zei ik en ik dwong mezelf om mijn stem normaal te laten klinken.

'Je had het mij moeten laten doen.'

Ik knikte weer, maar ik dacht aan wat Kit had gezegd over dat ik de armband in zijn vrachtwagen had gelegd en dat ik voor rechter had gespeeld.

'Kit, toen hij de armband zag, zei hij: "Die is van haar."'

Kit zei niets.

'Hij heeft het gedaan.'

'Ja.'

Eindelijk was het knipperende bericht GEEN BEREIK verdwenen op de telefoon. 'Ik wil Jamie bellen,' zei ik.

'Je moet de politie bellen.'

'Dat weet ik, maar ik wil eerst Jamie bellen. Goed? Jij hebt het nummer van Beth toch?'

Kit haalde zijn schouders op. 'Luister naar de berichten. Daar staat het tussen. Jamie heeft wel zes keer gebeld.'

Ik begon de lijst met berichten af te luisteren, maar de eerste was van Lara. Ik verstijfde toen ik haar stem hoorde. 'Hé, Kit...'

Kit besefte waarschijnlijk wie het was want hij pakte de telefoon af. 'Hier, je weet niet hoe hij werkt. Ik zoek het nummer wel op,' zei hij zacht.

Hij maakte verbinding en gaf de telefoon aan mij terug. Een paar seconden later hoorde ik Beths ongeruste stem. Ze zei: 'Hallo?'

'Beth, met Lucy. Mag ik Jamie spreken?'

'Lucy! Waar zit je? We dachten dat jullie uren geleden al terug zouden zijn. Wat is er aan de hand?'

'We hebben...' ik stokte. 'We hebben de dader gevonden, Beth. De man die haar heeft achtergelaten.'

Er viel een stilte aan de andere kant van de lijn en toen zei ze verbaasd en ongelovig: 'Hoe bedoel je? Hoe weet je dat?'

'Dat is een lang verhaal. Kun jij de politie voor ons bellen?'

'Laat ze naar het motel komen,' zei Kit.

Ik knikte naar hem. 'Kun je ze vragen of ze naar de Desert Inn in Kilmore kunnen komen? Daar hebben wij een kamer. En Beth... kun je zeggen dat ze snel moeten zijn?'

'Lucy,' zei Beth, 'kun je zeggen wat is er gebeurd?'

'Dat kan ik niet,' zei ik. Mijn stem beefde. 'Het is te veel. Ik vertel het wel aan de politie. Maar mag ik nu Jamie aan de lijn?'

Ik hoorde eerst wat aarzeling en daarna Jamies bezorgde stem. 'Luce? Waar ben je?'

'Jamie, we hebben de dader gevonden. De vent die haar op de weg heeft achtergelaten. We denken dat hij haar heeft vermoord.'

'Maar ze had toch een hartstilstand?' zei Jamie.

'Ik weet het. Dat was wat de politie dacht, maar we zijn naar zijn huis gegaan en daar hebben we pillen gevonden, xtc…'

'Xtc?' Jamie klonk nu echt verbijsterd. 'Luce, je moet onmiddellijk terugkomen. Mama en papa hebben vandaag al zo'n vijf keer gebeld om te vragen waar en met wie je bent en wat er aan de hand is.'

Ik zuchtte. Ze wisten blijkbaar genoeg om zich zorgen te maken. 'Kun jij de politie voor ons bellen? Nu meteen, oké?' zei ik ten slotte.

'Oké,' zei Jamie. 'Maar, Luce… gaat het met je?'

'Ja,' zei ik. Ik miste hem ineens heel erg. Niet alleen hem, maar ook mezelf, wie we vier dagen geleden waren, voor dit allemaal was gebeurd. Ik dacht aan ons toen we klein waren en aan alle gekke dingen die we deden. En hoe alles altijd wel weer goed kwam.

Jamie zuchtte. 'Man, ik wou dat dit voorbij was.'

'Ik ook,' fluisterde ik.

Ik verbrak de verbinding en legde de telefoon op mijn schoot. Als het al zo moeilijk was om het aan Jamie en Beth uit te leggen, hoe moesten we het dan aan de politie uitleggen?

Het was ver na middernacht toen er twee politieauto's het parkeerterrein van het motel op reden. We hadden zwijgend op het randje van Kits bed naar de snelweg zitten kijken. Ik voelde hoe de dingen veranderden, hoe de ene werkelijkheid overliep in een andere. Het deed me denken aan het moment dat we het meisje op de weg hadden zien liggen. Het opkomende gevoel van paniek was hetzelfde. Net als het gevoel dat alles hierna zou veranderen.

Ik hield de armband vast, liet hem van de ene hand in de andere glijden en staarde naar de kleine bedeltjes. Ik zag voor me hoe het meisje ze stuk voor stuk had gekocht, de paardenhoef voor geluk en de schatkist vanwege die verrassende steentjes. De armband was een tastbaar bewijs dat liet zien wie zij was.

De blauwe lichten van de politiewagens flitsten plotseling over Kits gezicht. Hij keek zo ernstig, bijna bang. We schrokken allebei op toen er op de deur werd geklopt.

Ik deed open en keek in de gezichten van de sheriff en de agent met de vriendelijke ogen die mij had ondervraagd op de avond van het ongeluk.

'Juffrouw Martinez?' zei sheriff Durrell, 'ken je sergeant Henderson nog? Ik begreep dat je informatie voor ons hebt.'

Ik knikte en deed de deur wijder open. Ik stak mijn hand uit met de armband erop. 'Ik...'

Maar Kit liep snel naar mij toe en graaide hem uit mijn hand. 'Ik heb dit van het meisje afgenomen,' zei hij zonder naar mij te kijken. Hij gaf het aan de sheriff. 'Op de avond van het ongeluk. Hij zat om haar pols.'

Ik staarde hem aan. Er schoot zoveel door me heen dat ik niet wist wat ik moest doen. En toen ineens wist ik het. Ik stak mijn hand uit naar Kits arm en liet hem omlaagglijden tot onze vingers zich met elkaar verstrengelden. 'Nee,' zei ik, 'dat heb ik gedaan.'

Kit draaide zich naar mij om, maar ik keek hem niet aan.

De sheriff hield ons allebei in het oog. Je kon niets aflezen aan zijn gezicht. 'Kan een van jullie me vertellen wat er aan de hand is?'

Dus dat deden we.

We zaten op de rand van het bed en vertelden ze wat er was gebeurd. Over de armband en mijn schets van het meisje, dat we naar het restaurant waren gegaan en van de blauwe vrachtwagen hadden gehoord. De sheriff stelde de vragen, de sergeant maakte de aantekeningen. Het deel van het verhaal over Elena, de serveerster, verzwegen we. We wilden niet dat zij in de problemen kwam. Kit zei dat we de schets aan mensen in het restaurant hadden laten zien en dat een van hen het meisje had herkend.

'Wie was dat?' vroeg de sheriff scherp. 'Wie heeft haar geïdentificeerd? Heb je naar de naam van die persoon gevraagd?'

'Eh, nee,' zei Kit. 'Het was gewoon een vrouw.'

'Hoe zag ze eruit?' vroeg sergeant Henderson.

'Dat kan ik me niet meer herinneren,' zei Kit, 'daar ben ik niet zo goed in.'

Ze keken verwachtingsvol naar mij. Ik beet op mijn lip. 'Ze had bruin haar.'

Toen hebben we ze de rest verteld: de ontmoeting met Wicker op de weg, het bezoek aan zijn huis en het vinden van de doos met de bedeltjes en het pillendoosje. Ik viste de pil uit mijn broekzak en gaf die aan de sergeant die hem met half dichtgeknepen ogen bekeek en hem aan de sheriff gaf.

'Het is...' zei ik aarzelend.

'Ik weet wat het is,' zei de sheriff kortaf. Hij en de sergeant wierpen elkaar, zonder iets te zeggen, een blik toe.

Ik vertelde ze dat ik de armband in de vrachtwagen van Wicker had gelegd.

De sheriff staarde me aan en schudde zijn hoofd. 'Waarom heb je dat gedaan?' vroeg hij. 'Juffrouw Martinez? Waarom zou je zoiets doen?'

'Ik weet het niet. Ik dacht dat als jullie de armband in zijn vrachtwagen zouden vinden en het bedeltje in zijn huis, dat jullie dan misschien zouden... misschien zouden weten dat het meisje er geweest is.'

'Op die manier. Jij hebt dus met bewijsmateriaal geknoeid?'

'Nee, zo was het niet...' Mijn stem werd steeds zachter. Zo was het wel geweest. 'Ik bedoel, ik wist dat het verkeerd was. Daarom gingen we juist terug naar zijn huis om het weer weg te halen.'

Ik vertelde ze alles wat ik me kon herinneren van Wicker, zijn fletse ogen, zijn borstelige grijze haar.

'Het kost je niet veel moeite om zijn uiterlijk te beschrijven,' merkte sheriff Durrell op.

Ik slikte. 'Ik was bang,' zei ik. 'Hij had een mes. Ik hield hem de hele tijd in de gaten.'

De sergeant keek op van zijn notitieboekje. 'Wat voor mes?'

'Ik weet het niet. Het was niet groot, maar het lemmet was lang.

'Hoe lang?'

Ik schudde mijn hoofd. 'Ik weet het niet. Dat kon ik niet zien.'

De sergeant schreef door en zijn hand bewoog over het papier.

Toen we uitgepraat waren was het stil in de kamer. De sergeant keek nog eens naar zijn aantekeningen. De sheriff keek gewoon naar ons met een kille, indringende blik. Hij nam het notitieblok van de sergeant over en bladerde erdoorheen.

'Goed,' zei hij.

We wachtten.

'Diefstal.'

Kit keek mij aan.

'Liegen tegen een politieagent.'

Ik slikte.

'Inbraak en indringing.'

De sheriff sloeg nog een bladzijde om.

'In het bezit van een verboden middel.'

Hij keek mij aan en ik kon alleen nog maar naar de vloer staren.

'Dat was niet van ons,' zei Kit.

'Heb je enig idee hoe erg je in de problemen zit?' We zeiden allebei niets. Ik kneep in Kits hand.

'Beseffen jullie wel in welke mate deze informatie ons onderzoek beïnvloedt?'

Heel langzaam sloeg ik mijn ogen op. Het gezicht van de sheriff was uitdrukkingsloos.

'Het spijt me,' fluisterde ik.

'Spijt? Heb je spijt?' Hij klapte het aantekenblok zo hard dicht dat ik ineenkromp.

'Dat meisje was al vier dagen dood. Vier dagen. Zonder persoonsbewijs en misschien met een foutief toegeschreven doodsoorzaak. Jij had informatie, een object dat van het slachtoffer was en dat nieuw licht op de zaak had kunnen werpen.'

Mijn keel deed zeer. Ik voelde de tranen opkomen.

'Luister goed, juffrouw Martinez. Stel dat dat meisje jouw zus was. Stel dat jouw zus dood langs de kant van de weg werd aangetroffen en dat degene die haar had gevonden informatie had verduisterd die ons had kunnen helpen om achter haar identiteit en achter de doodsoorzaak te komen. Informatie die waarschijnlijk zou kunnen wijzen in de richting van een misdrijf.'

Ik voelde dat Kit verschoof en rechter ging zitten. 'Ze zei dat het haar speet,' zei hij.

De sheriff keek hem strak aan. 'Ik adviseer u om uw mond te houden, meneer Kitson,' zei hij koeltjes. 'Aan u ben ik nog niet toegekomen. U bent... eens kijken...' hij bekeek de aantekeningen, 'over vier maanden wettelijk gezien volwassen. Wilt u weten wat de gevolgen van deze acties zijn voor iemand die achttien jaar of ouder is?'

Kit zei niets.

De sheriff snoof. 'Dat dacht ik al.'

Hij schudde zijn hoofd en gebaarde naar sergeant Henderson. 'Goed,' zei hij tegen ons, 'wacht hier.'

We keken hoe ze terug naar de politiewagen liepen en ik zag de armband bungelen in de hand van de sheriff. We konden ze vanuit ons motelraam goed zien en keken hoe ze overlegden en in het notitieboek keken.

'Oké,' zei Kit, 'nu kun je mijn hand wel weer loslaten. Ik heb kramp in mijn vingers.'

'Sorry,' fluisterde ik.

Hij lachte me half toe, niet zijn gebruikelijke lach, maar het was tenminste iets. Ik wist dat hij me probeerde op te beuren.

Het leek een eeuwigheid te duren voor ze weer naar onze kamer kwamen.

'Ik ga een ritje maken naar het huis van de kerel, deze Wicker,' zei de sheriff. 'Dan kunnen we kijken wat hij allemaal te zeggen heeft. Sergeant Henderson blijft hier bij jullie.' Hij keek mij streng aan. 'Hij zal in de patrouillewagen gaan zitten, maar jullie blijven in deze kamer. Begrepen?'

Ik knikte.

'Daarna moeten jullie mee naar het bureau voor verder verhoor.'

Ik knikte weer.

Toen gingen ze weg en de deur viel achter ze dicht.

36

'Man.' Kit slaakte een diepe zucht. 'Wat ben ik blij dat we dat achter de rug hebben.' Hij trok in een snelle beweging zijn T-shirt over zijn hoofd en deed daarna zijn spijkerbroek uit. Ik draaide mijn hoofd weg, maar hij leek er niet mee bezig te zijn. Hij trok het bed open en gleed onder de lakens. Hij deed zijn ogen dicht. 'Ik ben ontzettend moe,' zei hij.

Ik zat op de rand van mijn bed met mijn haar te spelen. De digitale klok op het nachtkastje vertelde me dat het een uur 's nachts was. 'Ik denk niet dat ik kan slapen,' zei ik.

'Nou, ik wel, dus doe het licht maar uit.'

'Maar wat gaat er nu gebeuren? Je hoorde toch wat ze allemaal zeiden over...'

'Sst,' mompelde hij. 'Niet nu.'

'Maar...'

'Doe het licht nou uit.'

Ik wierp een boze blik op hem, maar zijn gezicht en ademhaling waren al ontspannen door de slaap. Ik deed het licht uit en ging naar de badkamer om mijn tanden te poetsen. Toen ik terugkwam, lag Kit al te slapen en daarom deed ik mijn nacht-hemd aan en kroop ik ook onder de koele lakens. In het donker staarde ik naar het plafond. Ik dacht aan alles wat de sheriff had gezegd, die lange lijst van aanklachten. Ik trok het laken tot onder mijn kin. Ik dacht niet dat ik zou kunnen slapen, maar ik deed mijn ogen dicht en de duisternis die dat met zich meebracht voelde als een toevluchtsoord.

Ik schoot rillend overeind. Heel even wist ik niet meer waar ik was en ik draaide me om in de hoop iets bekends te ontdekken in de donkere kamer. Ik had weer over het meisje gedroomd. Deze keer was ze midden op de weg overeind gekomen en naar me toe gevlogen, met haar verdrietige, donkere ogen op mij gericht. Ik was bang van haar, bang voor wat ze van me wilde. Ik probeerde te rennen en toen werd ik wakker.

Kit was nog steeds diep in slaap op zijn rug met een arm boven zijn hoofd. Trillend kroop ik uit bed en ging op de tast naar de badkamer om wat water te drinken. Het witte licht brandde in mijn ogen, maar ik liet het aan met de deur op een kier zodat de kamer niet meer zo donker was. Het koude water proefde naar roest. Ik nam het glas mee naar het nachtkastje en keek naar Kits kalme profiel.

Ik vond mijn schetsblok en pakte mijn potlood. Ik ging met gekruiste benen op bed zitten en begon te tekenen. Er viel precies genoeg licht op zijn gezicht – niet scherp of opvallend, ik zag alleen de vage contouren ervan. Ik tekende de zachte golving van zijn haar, de lijn van zijn voorhoofd en neus. Toen ik bij zijn ogen was gekomen, tekende ik voorzichtig en nauwgezet zijn wimpers, alsof het van groot belang was dat ik ze er allemaal op kreeg. Een gezicht ziet er anders uit als iemand slaapt. Dan komt het heel dicht bij iemands ware zelf, is het ontspannen, een oude onschuld zonder de lagen die mensen dragen als ze wakker zijn om dingen te verbergen.

In zijn slaap had Kit een heilige of een engel kunnen zijn. De hele tijd dat ik hem tekende bewoog hij niet, zelfs niet door het felle licht dat uit de badkamer scheen. Toen ik klaar was, had ik het idee dat ik zijn gezicht uit mijn hoofd kende.

Ik had zo lang liggen slapen dat het heel licht was in de kamer toen ik mijn ogen opendeed. De telefoon rinkelde boos. Kits bed was leeg en ik hoorde het stromende water van de douche door de deur heen. Ik duwde het haar uit mijn gezicht en stak mijn hand uit naar de hoorn.

'Hallo?'

'Juffrouw Martinez?'

Ik ging rechtop zitten. 'Ja?'

'Je spreekt met sheriff Durrell. We willen dat jij en meneer Kitson naar het bureau komen om nog wat vragen te beantwoorden.'

'O. Oké. Maar… hebt u met Wicker gesproken?'

'We hebben hem ook voor ondervraging naar het bureau gebracht.' Ik huiverde. Door het woord 'ook' leek het net alsof er geen verschil was tussen hem en ons, alsof we medeplichtigen waren.

'Ik weet niet waar het bureau is.'

'Ik had aan sergeant Henderson willen vragen of hij jullie zou kunnen begeleiden, maar ik had hem nodig gisternacht.'

Ik keek uit het raam. De andere politieauto was weg.

'Waarom? Wat is er gebeurd?'

'Juffrouw Martinez.' Zijn stem klonk koel.

'Sorry.'

'Het bureau is in Quebrada. Dat is ongeveer twintig kilometer ten westen van het huis van Beth Osway. Zij kan je de weg wel wijzen.'

De douche hield ineens op en de deur van de badkamer zwaaide open. Kit stak zijn hoofd om de deuropening. 'Met wie ben je aan het praten?' fluisterde hij.

'De politie,' zei ik zonder geluid. Ik concentreerde me weer op het gesprek met de sheriff. 'Moeten we meteen weg?'

Ik hoorde hem even denken. 'Jullie kunnen voorlopig bij Beth blijven. Dan horen jullie daar wel verder wat te doen. Maar ik wil dat jullie er direct naartoe gaan. Begrepen?'

Het was heel stom, maar ik knikte en toen bedacht ik me dat ik iets moest zeggen. 'Ja, natuurlijk, we gaan meteen weg.'

'Dan spreek ik je later weer, juffrouw Martinez.'

'Oké.'

Kit kwam in zijn spijkerbroek de badkamer uit en was zijn haar aan het afdrogen met de handdoek. 'Wat zeiden ze?'

'Ze willen weer met ons praten,' zei ik terneergeslagen. 'Wicker zit ook op het bureau.'

'Wéér?' zei Kit. 'Jezusmina! We hebben ze alles verteld. Ik bedoel, we hebben de zaak voor ze opgelost. Wat willen ze nog meer?'

Hij zag er zo verontwaardigd uit dat ik bijna moest lachen. 'Ik denk niet dat zij het ook zo zien. Maar ze zeiden dat we eerst naar Beth kunnen gaan en dat ze ons daar weer bellen. Dus we moeten weg.'

Hij keek boos en rolde zijn kleren op tot een bal en duwde die in zijn rugzak.

We namen een andere weg terug naar Beth, een smallere en stillere weg omdat die snelweg ons de neus uit kwam. Op de kaart leek het een snellere weg, maar hij bleek juist langer te duren. Kit belde ze op om te zeggen dat we er aankwamen en ik luisterde hoe hij Beths ongeduldige vragen ontweek met vage antwoorden als: 'Ja, ja, dat vertellen we wel als we er zijn.'

Ik zat met mijn voeten op het dashboard en mijn schetsblok op mijn schoot de nieuwe lijnen van de bergen te tekenen. Deze waren kleiner dan de andere, het waren lage bergen bedekt met donkere struiken die dicht bij de weg lagen. 'Denk je dat de politie ons zal arresteren?' vroeg ik.

Kit schudde zijn hoofd. 'Absoluut niet. We hebben niets verkeerd gedaan.'

Ik keek hem hoopvol aan. 'Echt niet?'

'Nou ja, ik bedoel, dat hebben we wel... maar het was voor een goed doel, snap je? Dat maakt wel wat uit.' Hij klonk alsof hij ons allebei probeerde te overtuigen.

Voor ons zag ik een benzinepomp en aan de andere kant van de weg een met de hand geschilderd houten uithangbord met daarop een vrouwengezicht gehuld in rookwolkjes. Er stond: JINJEE, DROOMUITLEGGER − $10,− PER DROOM.

'Kit!' zei ik. 'Stop!'

'Hoezo? We hebben geen benzine nodig.'

'Nee!' We zoefden erlangs. Ik pakte zijn arm vast. 'Voor dat andere.'

Hij fronste, trapte op de rem en keerde op het terrein van de benzinepomp. 'Wat dan?'

Ik draaide mijn blik verlegen af. 'De droomuitlegger. Ik wil met haar praten.'

'Hè?'

Ik zuchtte en keek hem uiteindelijk aan. Ik leunde over de achterbank en wees naar het bord. 'Luister, sinds het ongeluk heb ik elke nacht dezelfde droom. Over het meisje. Ik wil weten wat het betekent.'

'Ik zal je vertellen wat het betekent. Jij bent je rot geschrokken toen we haar vonden en nu droom je elke nacht van haar. Nogal wiedes.'

'Nee, er is meer aan de hand. In mijn droom steekt ze altijd haar handen naar mij uit. Ze wil iets van me, maar ik weet niet wat.'

'En jij denkt dat een of andere gek bij een benzinepomp jou daar antwoord op kan geven?'

'Ik wil het gewoon proberen,' zei ik. Het klonk zelfs mij pathetisch in de oren. 'Ik bedoel, de indianen doen toch ook aan droomuitlegging? Dat is toch onderdeel van hun cultuur? Misschien kan zij me wel helpen.'

Kit streek met zijn hand door zijn haar en keek geïrriteerd. 'Goed, doe wat je niet laten kunt. Ik ga wat te drinken kopen.' Hij deed het portier van de auto open.

In het gebouw van de benzinepomp stond een dikke man in zijn hemd achter de toonbank een rek met zonnebrillen te ordenen. Hij keek op toen wij binnenkwamen.

'Wat kan ik voor jullie doen?' vroeg hij.

'Ik zag het bord,' zei ik wijzend.

'O, ja. Jinjee. Ik zal haar even roepen.' Hij deed achter in het pand een deur open en riep. Er kwam een vrouw aangeschuifeld met een paarse zijden jurk aan die met een band om haar middel was geknoopt. Ze had lang gitzwart haar dat aan weerszijden hing, van haar gezicht dat getekend maar niet gerimpeld was. Ik kon niet schatten hoe oud ze was. Ze leek niet echt indiaans, meer chinees.

'Hoi,' zei ik ongemakkelijk. 'Eh, ik wilde mijn droom laten uitleggen.'

'Oké,' zei ze in houterig Engels. 'Tien dollar.'

'O,' ik wendde me tot Kit. 'Mijn geld zit in mijn rugzak, kun jij het even voorschieten? Ik betaal je zo terug.' Hij rolde met zijn ogen en deed zijn portemonnee open.

'Kom maar mee,' zei de vrouw. Ze opende de deur die uitliep op een gang.

Ik trok aan Kits arm. 'Jij moet ook mee,' zei ik zacht.

'Geweldig,' zei Kit.

We liepen door de gang naar een andere deur en toen ze die opendeed, stonden we weer buiten in de tuin achter het gebouw. Enkele meters verderop stond een tijdelijke tent waaromheen roodbruine aarde lag. Ze liep erop af. Kit en ik volgden haar.

'Ze ziet er niet eens indiaans uit,' fluisterde Kit. 'Ze is vast zo'n newagefreak.'

'Denk je dat ze de boel bedondert?' vroeg ik.

Hij haalde zijn neus op. 'Natuurlijk is het bedrog.' Hij zette een lage, sombere stem op: 'Je gaat een lange reis maken. Blijf uit de buurt van de vissen.'

'Hou op,' zei ik, 'ze is geen waarzegster.'

'Ja, ja. Sorry. Ze is een droomuitlegger. Dat is hééééél wat anders. Dat is een wetenschap.'

Ik keek hem boos aan. 'Luister, ik wil weer gewoon kunnen slapen. Ik ben zo moe. Misschien kan zij me daarbij helpen.'

De tent leek heel erg nep aan de buitenkant, versierd met tekeningen van sterren en vlammen. Maar binnen voelde het wel echt. Het was donker en benauwd en er hing een zweetlucht. De vrouw ging in het midden zitten en Kit en ik op elkaar gepakt bij de tentflap.

Kit kuchte. 'Kan ik dit openlaten?' vroeg hij.

'Nee,' zei de vrouw. 'Geen licht.'

'Geen lucht,' fluisterde Kit tegen mij. 'Het stinkt hier.'

De vrouw maakte een leren beurs los en leegde de inhoud voor zich op de grond. Ze sorteerde veren, droge bloemstelen en een klein hoopje zand.

'Misschien moet ik háár droom interpreteren,' fluisterde Kit. 'Ik zal haar zeggen dat ik een deodorantspray voor me zie.'

Ik gaf hem een por met mijn elleboog. 'Hou nou op,' fluisterde ik terug.

'Waar is al die troep voor?' vroeg Kit aan haar.

Ze gaf geen antwoord. Ze liet haar handen heen en weer gaan boven de stapeltjes.

Kit boog zich naar mijn oor. 'O, god, nu gaan we beginnen.'

De vrouw begon te chanten, iets wat op een liedje leek maar dan vals. Maar Kit had gelijk. Het klonk niet indiaans. Uiteindelijk gaf ze mij een andere kleine beurs. 'Schud,' zei ze. Ik schudde het. 'Nog meer,' zei ze. Ik schudde weer en luisterde naar het doffe gekletter van wat erin zat. 'Nu,' zei ze en ze gebaarde me de beurs om te kiepen. Er vielen kleine gekleurde steentjes boven op de andere dingen die ze had neergelegd.

Ze bestudeerde het geheel zonder enige uitdrukking op haar gezicht en zei: 'Vertel me je droom.'

Dus ik vertelde haar van de auto in de storm, het meisje dat boven de weg zweefde en me met uitgestrekte armen om hulp vroeg. Ik zag het allemaal voor me toen ik het haar vertelde, alsof het recht voor mijn ogen gebeurde; haar bleke smekende gezicht in de regen.

De vrouw staarde me aan. Ze leek ongeïnteresseerd. 'Ze vraagt jou niet om hulp. Ze geeft je iets.'

'Wat dan?' vroeg ik. 'Wat geeft ze me?'

De vrouw haalde onverschillig haar schouders op. 'Het is jouw droom,' zei ze.

'Nou, dat was die tien dollar wel waard,' zei Kit toen we weer terug naar de auto liepen. 'Nu is het me helemaal duidelijk.'

Ik zuchtte. 'Misschien heeft ze wel gelijk.'

Kit schudde ongelovig zijn hoofd. 'Trap jij daar in?'

'Ik dacht de hele tijd dat het meisje om mijn hulp vroeg, maar misschien hielp zij mij wel.'

'O ja? Hoe dan? Door je elke nacht wakker te laten worden?'

'Nee.' Ik schudde mijn hoofd. 'Ze hielp me dingen te zien, om het echt te zien.'

'Zoals wat?'

Jou, dacht ik. Jamie. Mezelf. Maar ik bleef stil.

'O, kom op nou. Het was volslagen onzin. Ze ging gewoon zingen om het eng te laten lijken. En sorry dat ik het zeg, ze leek heel erg ongeïnteresseerd in jouw droom.'

Ik knikte. 'Ja, dat weet ik. Dat was niet leuk. Ik bedoel, dat is net als een psychiater die niet geïnteresseerd is in jouw problemen.'

Kit lachte. 'Je had iets moeten verzinnen. Iets interessants. Je had haar een droom over mij moeten vertellen.'

Ik rolde met mij ogen. 'Ik droom nooit over jou.'

Hij liet zijn hand onder mijn haar glijden en kneep in mijn schouder. 'Misschien zou je dat weleens moeten doen. Dan slaap je beter.'

Ik trok mezelf los, maar ik moest toch lachen.

Vlak bij waar we de auto hadden geparkeerd, lag een berg met oude auto-onderdelen; wat banden, een gebogen uitlaat en een accu met een witte laag erop. 'Hé, kijk,' zei ik. 'Zullen we iets hiervan voor Beth meenemen?'

'Leef je uit,' zei Kit die al in de auto stapte. Ik dacht aan de metalen stukken van Beths beeldhouwwerk. Ik pakte de verroeste uitlaat op en gooide die op de achterbank.

'Een soort cadeautje,' zei ik tegen Kit.

'Je bent gestoord,' zei hij.

37

Het was vroeg in de middag toen we van de snelweg afsloegen op de weg naar Beths huis. De auto schoot het gazon op en de honden kwamen luid blaffend aangerend van hun plekje in de schaduw bij de schuur. Ze stopten bij de auto en we stapten uit. Ze leken breed te grijnzen, cirkelden om ons heen en hun staarten sloegen tegen onze benen. Oscar duwde zijn kop tegen mijn hand.

Ik voelde me ineens verlegen, durfde haar niet goed onder ogen te komen na die avond in de keuken en alles wat ik toen tegen haar had gezegd. Maar het was te laat. Ze kwam samen met Jamie naar buiten, rennend over de trappen van de veranda en op hun gezichten stond alles te lezen: niet alleen wat er met hen was gebeurd, maar wat er met ons was gebeurd en de resulterende mengeling van verwondering, paniek en bezorgdheid. Toen ik Jamie aankeek, zag ik hem voor het eerst als een eigen persoon, los van mij en ons gezin.

'Hé,' zei ik zachtjes.

'Hé,' zei Jamie, 'daar zijn jullie dan eindelijk.'

'Is alles goed?' zei Beth, mij doordringend aankijkend.

'Ja, met ons gaat het goed,' zei Kit. 'We hebben alleen heel erge dorst.' Hij liep langs ze het huis binnen en ik rende hem achterna de trappen op.

We gingen uiteindelijk in de huiskamer zitten en Kit liep ijsberend te vertellen wat er was gebeurd, terwijl ik op de grond zat en hem af en toe onderbrak om details te geven, en Jamie en Beth zaten heel gemoedelijk samen op de bank. Het was moeilijk om alles uit te leggen. Onze handelingen hadden op het moment zelf de enige opties geleken, maar nu klonken ze als een stel willekeurige ongelukken en misstappen. Ik kon zelf nauwelijks geloven wat we allemaal hadden gedaan.

'Hebben jullie bij hem ingebroken?' vroeg Beth verbaasd.

'Hebben jullie een van de pillen meegenomen?' zei Jamie verbaasd.

Ik kon alleen maar knikken en proberen om onze redenen weer voor de geest te halen. We waren ze net over het mes aan het vertellen toen de telefoon ging. Ik hoorde aan Beths stem dat het sheriff Durrell was.

'Ja,' zei ze, 'ja, Stan, ze zijn hier.' Ze liep weg, in de richting van de keuken, maar we konden het gemompel aan de telefoon horen en haar bezorgde reactie: 'O' en 'Echt waar?' Kit keek me aan.

'Heeft hij dat gedaan?' zei Beth. 'Wauw. Ja, precies.' Er viel een lange stilte en toen zag ik hoe ze haar rug rechtte. 'Nee. Nee, Stan, doe dat alsjeblieft niet. Ik begrijp het, maar...' Nu stond ze met haar rug naar ons toe en wreef met een vertrokken gezicht over haar voorhoofd. 'Stan, dat kun je niet doen,' zei ze. 'Ik weet het. Ja, dat weet ik. Maar ze hebben je wel gebeld en je alles verteld. Zij hebben voor zijn arrestatie gezorgd.'

Wat zei hij? Wat zou hij met ons gaan doen? Beth was nog een tijdje stil aan het luisteren, gespannen en serieus en wierp toen een blik op Jamie. 'Stan,' zei ze langzaam, 'luister naar me. Het zijn nog maar kinderen.'

Ze staarde naar Jamie en ik zag hoe een verdrietige waas over haar gezicht trok. Ze zag er ineens ouder en afstandelijker uit. 'Het zijn kinderen,' zei ze nog eens, starend naar Jamie.

Ze liep al pratend naar de gang. Na een poosje kwam ze terug in de kamer. 'Oké. Goed. Dat lijkt me redelijk. Bedankt, Stan. Ja, ze is hier.'

Beth gebaarde naar mij en ik stond langzaam op en nam de telefoon van haar over. Ik had pijn in mijn buik. 'Hallo?'

'Juffrouw Martinez.' De sheriff klonk kortaf. 'Ik zal je ouders op de hoogte stellen van deze laatste… ontwikkelingen. Zeg tegen meneer Kitson dat ik ook contact zal opnemen met zijn ouders.'

'Oké,' zei ik gelaten, 'maar wilt u mijn moeder alstublieft niet de stuipen op het lijf jagen?'

'Juffrouw Martinez, het is niet mijn bedoeling om wie dan ook de stuipen op het lijf te jagen. Ik wil alleen jouw ouders informeren over wat jij de afgelopen dagen hebt uitgehaald.' Hij klonk geïrriteerd. 'Vooral omdat we niet van plan zijn om jullie iets ten laste te leggen.'

Ik wist niet of ik het goed had begrepen. 'Bedoelt u dat we niet meer naar het bureau hoeven te komen?'

'We hebben een bekentenis,' zei hij.

'Echt waar?' Ik voelde dat ik bijna door mijn knieën zakte. Ik leunde tegen de muur en liet me langzaam op de grond zakken. 'Van Wicker?'

'Dat klopt.'

'Wat zei hij? Alstublieft… wat is er met het meisje gebeurd?'

'Dat kan ik niet met je bespreken, juffrouw Martinez.'

'Maar wat heeft hij met haar gedaan? Heeft hij haar gedrogeerd? Is ze daaraan overleden?'

'Juffrouw Martinez,' zei hij bars, 'daar kan ik niets over zeggen.'

'Alstublieft.'

Hij zuchtte. 'Pas over een paar weken zullen we de uitkomst van het toxicologisch onderzoek ontvangen, maar we verwachten dat de resultaten in die richting wijzen.'

'Weet u al wie ze is?'

Er viel een stilte. 'We hebben haar geïdentificeerd. Nu zou ik graag meneer Kitson aan de lijn krijgen.'

Ik voelde een golf van opluchting. Ineens hoefde ik niet meer te weten wie zij was. Het deed er niet meer toe. Ik wilde er alleen maar zeker van zijn dat ze niet helemaal alleen in het niets zou verdwijnen, zonder dat iemand ervan af wist, zonder een naam of een gezin. En dat was nu niet meer het geval.

Soms voelde ik me ook zo alleen – alsof ik zou kunnen verdwijnen zonder dat iemand het zou opmerken. Maar dat was niet waar. Overal waar je keek kon je kleine verbanden zien, manieren waarop levens elkaar kruisten en daardoor veranderden: dat ik de armband had meegenomen of Jamie de hand van Beth had gekust.

Ik liep langzaam door de kamer en gaf de telefoon aan Kit.

Misschien zouden we nooit precies te weten komen wat er nou met haar was gebeurd en misschien was dat maar goed ook. Soms was iets niet precies weten ook een soort weten.

Toen Kit ophing, was Jamie de eerste die iets zei. 'Is het voorbij?' vroeg hij met zijn donkere ogen strak op Beth gericht.

'Het is voorbij,' zei ze.

Jamie zei niets meer.

'Wicker heeft een bekentenis afgelegd,' zei Beth zacht, 'en ze zijn bezig om te kijken of hij in verband te brengen is met een aantal andere zaken die jonge vrouwen betreffen.'

Ik keek naar Kit en dacht aan Elena.

'Wat is er met het meisje gebeurd?' vroeg Kit. 'Heeft hij je daar iets over verteld?'

Ze schudde haar hoofd. 'Niet veel, maar wel een beetje. Ze wachten nog steeds op de uitslag van het bloedonderzoek, maar het lijkt erop dat Wicker haar bij het restaurant heeft opgepikt, haar mee naar zijn huis heeft genomen en haar xtc heeft toegediend. Ik denk dat het de hartslag heeft versneld en dat zij direct daarna een reactie heeft gehad vanwege haar hartkwaal. Een zware hartaanval.'

Jamie schudde zijn hoofd. 'En toen heeft hij haar in de vrachtwagen gelegd en haar gewoon op de weg gedumpt?'

Niemand zei hier iets op. We zaten er stil over na te denken.

'Maar wie was ze nou?' zei Kit uiteindelijk. 'Waar kwam ze vandaan?'

'Dat heeft hij me niet verteld,' zei Beth. 'Ze hebben haar familie nog niet op de hoogte kunnen stellen.' Ze aarzelde. 'Maar jullie kunnen nu vertrekken. Je hebt geluk. Ze gaan jullie niet vervolgen.'

'Ja, wat een geluk,' zei Kit terwijl hij zijn hoofd schudde. 'Nu kunnen we eindelijk vakantie vieren. Vijf dagen te laat. Lekker hoor.' Hij keek naar Beth en Jamie. 'Hé, Luce, zullen we even een wandelingetje maken? Voor we weer uren in de auto zitten?'

Ik wist waarom hij dat vroeg. Hij wilde ze even alleen laten.

'Oké,' zei ik, en ik bedacht me stiekem dat het ons ook tijd alleen gaf, al wist ik niet of ik dat wel wilde.

Ik nam een fles water mee en we liepen de tuin in. Er schoot een hagedis over de droge grond. Voordat hij onder de trappen verdween zwiepte hij nog een keer met zijn staart in het stof. Oscar ging er luid blaffend achteraan, maar hij was al weg.

'Stom beest,' zei Kit.

'Hij is niet stom,' zei ik terwijl ik mijn vingers naar Oscar knipte. 'Dat is gewoon zijn instinct.'

Ik volgde Kit door het gras, liep vlak achter hem en wist niet precies wat ik moest zeggen. Hij zei ook niets. We liepen achter elkaar door de woestijn, de bergen als een fata morgana in de verte. Ik keek naar zijn rugspieren.

Na een tijdje zei hij half achterom kijkend naar mij: 'Denk je dat we ooit zullen weten wat er met haar is gebeurd?'

'Ik weet het niet. Misschien als de politie het onderzoek heeft afgerond.'

'Dan zijn we allang weg.'

'Ja, dan zijn we weer thuis.' Dat klonk fijn. Lopend door dit harde, warme landschap dacht ik aan Kansas, aan de groene weilanden en het wuivende gras in de lentewind.

Kit wees naar de bergen. 'Denk je dat we dat in een dag zouden kunnen lopen?'

Ik schudde mijn hoofd. 'Het is te ver.'

'Ja, waarschijnlijk wel.' Hij wachtte tot ik hem had ingehaald en veegde zijn gezicht af met zijn mouw. 'Man, wat is het heet.'

Ik draaide de dop van de fles, gaf hem het water aan en keek hoe hij een grote slok nam en daarna wat water over zijn gezicht liet lopen. 'Hier,' zei hij terwijl hij het water naar mij gooide.

'Oooo, het is koud,' gilde ik. Ik pakte de fles en nam ook een slok. Ik was me ervan bewust dat zijn lippen de fles net hadden aangeraakt. Hij keek me aan.

We stonden op een zanderige plek met her en der taaie klompjes gras en gele bloempjes. 'Zullen we hier even stoppen?' vroeg Kit. Hij ging op de grond liggen, legde zijn armen onder zijn hoofd en staarde naar de lucht. Die was oogverblindend blauw, met dikke witte stapelwolken zoals je die op oude Europese schilderijen ziet.

Ik keek hem onzeker aan. 'We zullen verbranden in de zon.'

Hij deed zijn ogen dicht. 'Nee, daarvoor is het al te laat op de dag. Kom op, ga liggen. Dan gaan we even een dutje doen.'

Ik slikte, nerveus. 'Ik kan niet meer slapen, weet je nog?'

Hij draaide zich een beetje uit de zon. 'Nou en? Ga liggen.'

Hij hield zijn ogen dicht. Hij leek al bijna te slapen.

'Kom op, Luce,' zei hij weer met een slaperige stem. Hij stak zijn hand uit, zocht naar mijn been en trok me toen naast hem omlaag.

'Het is te bobbelig,' klaagde ik. Ik voelde de steentjes, takjes en harde steeltjes in mijn rug prikken. 'Misschien zitten er ook wel beestjes.'

'Sst,' zei Kit, 'het is net als het strand.' Hij verschoof weer een beetje en liet zijn arm onder mij glijden. Ik wilde me losmaken, maar zijn ademhaling was zo rustig en regelmatig dat hij al leek te slapen. Daarbij voelde zijn arm onder mijn hoofd heel prettig aan, evenals de warme zon op mijn gezicht. Ik luisterde naar het vage geruis van de woestijn om ons heen. Hiervoor had het me dreigend in de oren geklonken, maar nu vond ik het geruststellend – een regelmatige levensdreun waar je hem het minst zou verwachten.

Ik draaide me naar Kit toe en voelde hoe hij ging verliggen om mij tegemoet te komen. Heel voorzichtig legde ik mijn hoofd op zijn borst. Ik hoorde zijn hartslag door het stof van zijn T-shirt heen. Voor het eerst sinds we in New Mexico waren, voelde ik me veilig.

Ik deed mijn ogen dicht en viel in slaap.

Toen ik ze weer opendeed, was Kit al wakker en keek hij knipperend naar de zon. Ik wilde overeind komen, maar hij zei: 'Blijf nog even liggen. Het is fijn.'

Ik liet mijn hoofd weer op hem zakken. 'Ik kan niet geloven dat ik heb geslapen,' zei ik met mijn mond tegen zijn shirt aangedrukt. 'Ik heb niet eens gedroomd.'

'Ja, je was helemaal buiten westen. Ik heb geen gevoel meer in mijn arm.'

'O, sorry,' zei ik en ik wilde weer overeind komen.

Maar Kit grijnsde en legde zijn arm steviger om me heen. 'Geeft niks, hoor.'

Ik dacht aan al die meisjes op school. Maddie Dilworth, Kristi Bendall, Lara Fitzpatrick. De oude vriendinnen, de nieuwe vriendinnen en de vriendinnen die nog komen gingen. Ik probeerde me voor te stellen dat ik Kit in de gang tegenkwam, met een groepje jongens uit de bovenbouw, en dat hij alleen maar zou smalen en me niet echt zou aankijken. Daar werd ik verdrietig van. De afgelopen dagen leken zo onwerkelijk.

'Nou dat was het dan, hè?' zei ik na een tijdje. 'Als we weer terug zijn, is alles weer bij het oude. Op school bedoel ik. En de rest.'

'Ik denk het wel.' Hij keek me aan. 'Dat moet wel, snap je?'

Het moest wel. Hij zat in zijn laatste jaar. Ik was Jamies zus.

Kit pakte mijn hand en verstrengelde zijn vingers met de mijne. 'Het spijt me,' zei hij.

Ik zag aan zijn gezicht dat hij het meende. Sommige mensen

zijn goed in sorry zeggen en andere niet. De mensen die dat niet zijn, zeggen het op een manier om een uitweg te zoeken – 'Het spijt me, maar...' – of op een manier dat ze eigenlijk jou de schuld geven – 'Het spijt me dat je er zo over denkt' – of het heel gehaast doen om ervan af te zijn omdat ze het helemaal niet menen. Maar mensen die er goed in zijn laten je weten dat ze zich rot voelen en dat ze zichzelf niet proberen te beschermen voor jouw pijn. Dat laatste voelde ik toen Kit zei dat het hem speet.

'Is het oké?' vroeg hij.

'Ja,' zei ik. En dat meende ik.

Ik liet een vinger over zijn gezicht glijden. Kit boog dichterbij en hij ademde zacht op mijn haar. 'Ik vind je leuk, Luce. Ik bedoel, ik vind je heel leuk.'

Ik lachte naar hem. 'Ik ga aan iedereen vertellen dat ik met je heb geslapen.'

Hij lachte. 'Dat moet je doen.'

'Dat is lekker voor jouw reputatie.'

'Dat ís mijn reputatie.'

Ik legde mijn handen op zijn wangen en hield zijn gezicht voor me. Ik zag niets behalve de gevlekte en gespikkelde diepten van zijn ogen. Ik had geen spijt van alles wat er tussen ons was gebeurd. Ik had helemaal nergens spijt van. Met Kit had ik een ander deel van mezelf ontdekt.

'Dus waarom zullen we nooit iets met elkaar hebben?' vroeg ik.

Kit keek me recht in de ogen. 'Wie zegt dat dat nooit zal gebeuren?'

En hoewel ik met mezelf had afgesproken om hem nooit meer te kussen, deed ik het toch weer. Ik hield zijn gezicht in mijn handen en opende mijn mond op de zijne en liet mezelf vullen met zijn smaak en geur. We kusten en kusten. Ondanks de harde, ruige woestijn om ons heen, leek het net of ik verdronk: alsof ik werd verzwolgen door een golf.

Maar toen wist ik zelfs al dat ik het kussen met hem niet het meeste zou missen. Met hem in slaap vallen wel. Op de een of andere manier was dat het intiemste wat we samen hadden gedaan. En ik wist – zoals je de toekomst soms heel helder voor je denkt te zien – dat dat het moment zou zijn waar ik het meest naar zou terug verlangen wanneer ik aan hem zou denken.

38

Toen we weer terug bij het huis waren, stond Jamies tas op de veranda. Hij zag er verloren uit en dat gaf het komende afscheid aan. Toronto lag ernaast ter bewaking.

Beth was in de huiskamer, ze zat op haar knieën te schilderen in haar met verfspatten bevlekte werkhemd. Ik schrok ervan om haar in precies dezelfde houding te zien als toen we haar voor het eerst zagen. Ze keek niet op toen we binnenliepen. Haar gezicht stond ernstig van de concentratie, ze was totaal gefocust op haar werk. Ze haalde haar kwast met blauwe verf in gelijkmatige halen over het metaal. Toen dacht ik ineens aan de uitlaat.

'Hé,' zei ik, 'we hebben nog iets voor je meegenomen.'

Ze keek op. 'Wat?'

'Het ligt in de auto. Loop je even mee?'

Ze legde de kwast op de rand van het verfblik en liep achter me aan naar buiten. Toen ik de achterklep van de auto opendeed, lachte ze. 'Hoe kom je daaraan?'

'Het lag bij een benzinestation op een berg met troep. Ik dacht dat je het...' Ik hield even op omdat ik verlegen was. 'Dat je het wel leuk zou vinden.'

'Dat vind ik ook.' Ze haalde het ding behendig uit de achterbak en hij raakte haar spijkerbroek. We zagen de roestige schilfers op de grond vallen. Ik begon de klep dicht te doen, maar ze hield me tegen. Ze keek naar mijn schetsblok die opengeklapt op de achterbank lag.

'Mag ik even kijken?'

Het lag open op het landschap dat ik getekend had. Ik aarzelde. 'Ja, dat is goed.'

Beth zette de uitlaat tegen de auto en pakte het schetsblok en bestudeerde de tekening. Ze draaide de bladzijde om. Eronder zat de tekening van Kit die sliep. Ik wilde het blok van haar afpakken, maar ze hield me tegen. Ze draaide de tekening langzaam om terwijl ze er kritisch naar keek. Toen sloeg ze haar blik op naar mij en haar ogen stonden vol begrip. Maar ik zag ook iets anders: een soort medelijden. 'Dat is het,' zei ze uiteindelijk toen ze het blok teruggaf, 'je hebt getekend wat je voelt.'

We stonden daar naar elkaar te kijken en Beth pakte de uitlaat op en keerde hem om alsof hij heel breekbaar was. 'Denk je dat het vergeeflijk is als je één keer in je leven iets stoms, iets heel stoms, doet?' vroeg ze.

Vroeg ze dat aan mij? Ik slikte en staarde naar de grond. 'Hoe bedoel je?'

'Of het niet erg is om één stomme fout te maken? Niet omdat je niet beter weet, want je weet wel beter, maar omdat je het wilt. En je kunt jezelf niet tegenhouden. Eén fout. Eén vreselijke, geweldige fout.' Haar stem was zacht maar fel. 'Is dat vergeeflijk? Mogen mensen dat doen?'

Het leek iets heel kleins toen ze het zo formuleerde. Is het iemand toegestaan om in zijn hele leven één fout te maken?

'Ik weet het niet,' zei ik, 'het hangt ervan af wat het is en wie er de dupe van wordt.'

Ze was stil. 'Je hebt gelijk,' zei ze uiteindelijk en ze draaide zich om.

Ik dacht aan hoe Jamie naar haar had gekeken met die uitdrukking van blinde gelukzaligheid op zijn gezicht. 'Beth,' zei ik terwijl ik haar arm aanraakte. Ik haalde diep adem. 'Het was geen fout.'

Haar gezicht ontspande zich. 'Dank je,' zei ze en ze liep naar de veranda.

Jamie was aan het bellen toen we binnenkwamen. 'Het is papa,' fluisterde hij en hij trok een gezicht naar me. Ik zuchtte. Wat moesten we hem vertellen? Maar misschien had de politie alles al verteld.

'Echt?' zei Jamie. 'Lukt dat? Maar moet je niet werken?' Hij keek heel verbaasd. 'Is dat zo? Nou, dat is... nee, dat is geweldig. Oké. Ja, dan zien we je daar. Ik geef je Lucy.' Hij gaf de telefoon aan mij met een ongelovige blik op zijn gezicht.

'Pap?' Ik drukte de hoorn tegen mijn oor.

'Hoi, schat. Luister. Ik zei net tegen je broer dat ik reserveringen heb gemaakt in het Century Resort net buiten Albuquerque. Ik neem de rest van de week vrij.'

Dit was zo onverwacht dat ik de telefoon bijna uit mijn handen liet vallen. 'Neem je vrij? Maar je zei dat je allemaal vergaderingen had.'

'Ja,' zei hij, 'maar ik heb wat dingen omgegooid. Ik neem over een paar uur het vliegtuig. Als jullie er vanavond naar toe rijden dan kunnen we de rest van de week met elkaar doorbrengen.'

'Dus we gaan niet naar Phoenix?'

'Dat is te ver. Als je nog een dag moet rijden blijft er niets meer over van de vakantie.'

Ik voelde een steek van verlangen naar hem, zijn zelfverzekerde stem, zijn vastberaden geest. 'Pap, heb je met de politie gesproken?'

'Jazeker.' Hij zei even niets. 'En met je moeder.'

Mam. Ik moest haar bellen. En Ginny ook. Ze zou echt nooit geloven wat er allemaal was gebeurd. Zij waren de lijnen naar mijn oude leventje.

'Jullie hebben wel een weekje achter de rug, zo te horen,' zei mijn vader.

Ik wachtte op de onvermijdelijke preek en het advies, de lange lijst van dingen die we anders hadden moeten doen, maar die bleven uit.

'Ik ben alleen maar blij dat jullie ongedeerd zijn. En luister, dat hotel is echt geweldig. Je kunt er tennissen, zwemmen, golfen. We kunnen het er lekker van nemen. Klinkt dat goed?'

'Ja, heel goed,' zei ik.

'Zie ik je dan snel?'

'Ja, pap. Dat lijkt me geweldig.'

Ik hing op en keek naar Jamie die zijn hoofd schudde van verbazing. 'Wat heeft die ineens?'

'Ik weet het niet,' zei ik, 'misschien mist hij ons.'

Jamie pakte zonder iets te zeggen de rest van zijn spullen in. Die van mij en Kit zaten nog in de auto en daarom stonden we een beetje opgelaten in de huiskamer op hem te wachten. Toen hij de gang uit kwam, zag hij er tamelijk verslagen uit, alsof hij niet goed wist wat hij nu moest doen. Beth bleef staan waar ze stond en ging gewoon door met schilderen. Jamie wierp haar steeds een snelle blik toe, maar ze keek nauwelijks op toen we naar de deur liepen. Ik vroeg me af wat ze tegen elkaar hadden gezegd.

'Nou,' zei Kit die de deur opengooide. De honden stonden er ongeduldig voor omdat ze graag naar buiten wilden. Hij gebaarde naar het beeld. 'Misschien zien we je werk weleens ergens. Op het vliegveld.'

Beth keek eindelijk naar ons op. 'Misschien wel,' zei ze. Ze klopte op de uitlaat die een echoënd geluid maakte. 'En deze ook. Ik vind er wel een plekje voor.'

Jamie stond haar onzeker aan te kijken.

'Rij voorzichtig,' zei ze met een halve glimlach.

Ze keek naar mij. 'Blijf tekenen, Lucy,' zei ze. 'Misschien zie ik jouw werk ook nog eens ergens.'

Ik lachte. 'Bedankt. Bedankt voor alles.'

'Ja,' zei Kit. 'Bedankt.' Hij keek naar Jamie. 'Zullen we gaan?'

Jamie aarzelde nog steeds en wipte van het ene been op het andere. Ineens liep hij op Beth af en ging achter haar staan, boog zich voorover en legde zijn armen om haar heen en drukte zijn gezicht tegen haar nek. Haar hele lichaam verstijfde even en haar kwast bleef hangen in de lucht. Daarna raakte ze met haar vrije hand de zijkant van zijn gezicht voorzichtig aan.

Jamie stond op, liep langs ons heen en Kit volgde hem naar buiten. Ik knielde even voor de twee honden en aaide ze over hun oren. 'Dag,' fluisterde ik.

'Dag,' riep Beth. Ik hoorde haar stem trillen.

En toen zaten we weer op de snelweg. Kit en Jamie voor in de auto. Ik achterin, starend door de voorruit naar dezelfde donkere weg, naar de lege woestijn met de bergen die aan de horizon oprezen.

We waren nog niet lang onderweg toen we iets zagen wat de weg overstak, nog net zichtbaar in het licht van onze koplampen. We zagen het allemaal tegelijkertijd. Jamie trapte op de rem, harder dan hard en de banden piepten en de auto gleed opzij naar de andere rijbaan. We vlogen voorover. Mijn gordel sneed in mijn borst. Ik pakte de stoel van de voorbank vast en in het donker voelde ik Kits hand op de mijne.

Maar de auto stond stil.

En daar, voor ons, zagen we een coyote die stokstijf stilstond in een zee van licht. Hij was dun en grijs, mottig, en had een voorpoot opgetild. Zijn smalle kop was naar ons gericht, zijn oren stonden overeind en zijn gele ogen glommen.

Hij draalde een tijdje badend in het licht, drijvend als een geest in die enorme donkere woestijn. Toen zette hij zijn poot op het asfalt en stak met lichte tred de weg over. Hij verdween in de nacht.

Niemand zei iets. We trokken weer op en Jamie stuurde langzaam bij om op de goede weghelft te komen. In die bijna tastbare stilte in de auto wist ik dat we ons alle drie hetzelfde voelden: dankbaarheid dat we hem niet hadden aangereden en bewondering voor dat onmiskenbare wilde beest dat zijn toekomst tegemoet liep.

DANKWOORD

Ik ben veel mensen dank verschuldigd voor hun steun tijdens het schrijven van dit boek. Christy Ottaviano, mijn redacteur, is iemand die weloverwogen kritiek geeft en een vastberaden voorvechtster is die mij zonder schroom aanmoedigde op elke afslag die ik nam naar nieuwe gebieden en me op die manier heeft geholpen mijn weg te vinden. Net zo blij ben ik met het personeel van Holt, van de correctoren, de ontwerpers tot de salesmensen die zo hard en vaak onzichtbaar hebben gewerkt om mijn boeken zo fraai mogelijk de wereld in te sturen. Mijn agent, Steve Malk, heeft mij tijdens het hele proces van advies voorzien.

Ik heb een handjevol lezers belast met het lezen van de laatste versie van dit manuscript – in heel korte tijd! – en hun slimme opmerkingen hebben het overal verbeterd. Voor hun uiteenlopende visies en inzichten wil ik in het bijzonder de volgende mensen bedanken: Mary Broach, Claire Carlson (en *in absentia*, Claires moeder, Barbara Streeter, voor haar inspiratie voor de bedelarmband), Laura Forte, Jane Kamensky, Carol Sheriff en Zoe Wheeler.

En speciale dank aan mijn twee adviseurs op het gebied van

politiezaken: officier Jack Toomey en met name hoofdagent Fran Hart die geduldig antwoord heeft gegeven op al mijn vragen over politieverhoren en die tot mijn grote plezier een onverwacht inzicht aan de dag legde voor het vertellen van dit verhaal.

Tot slot wil ik mijn gezin bedanken, de heldere sterren aan mijn nachtelijke hemel – mijn man, Ward Wheeler en mijn kinderen Zoe, Harry en Grace.